旅は心のかけ橋

群馬・東京・台湾・独逸・米国の温もり

堀田京子

コールサック社

旅は心のかけ橋

――群馬・東京・台湾・独逸・米国の温もり

目次

四章　「出逢いの不思議」

五章　「人と繋がる詩を志して」

旅は心のかけ橋

――群馬・東京・台湾・独逸・米国の温もり

堀田京子

序詩　「旅は心のかけ橋」

人生は　出会いと別れ　ときめき
未知なるものを求めての冒険
無常という名の電車に乗ってさすらう旅人

野越えて　人は歩く　コツコツ歩く
山越えて　人は走る　燃えながら走る
海越えて　人は立ち止まり　考える

咲く花や　鳥や鳴く虫に目を奪われ
里芋の葉っぱの上の水玉の輝きに　この世の不思議を知る
手を繋《つな》げば人々の優しさに癒される

争いの絶えないこの地上の醜さを知る
人はどこへ向かって　行くのだろうか
答えは見つからなくても　地球は回る

生きることの喜び哀しみのせて　時は流れゆく
気がつけは　終着駅が見えてきた
それでも　人は歌う　新しい春を求めて
鏡の中の自分に問いかけながら

旅路の果てに　茜《あかね》立つ夕焼け雲に包まれて
本当に大切なものは　見えないことに気付く
そして　愛するものの為に　新しい明日の為に
旅の終わりのその日まで　夢を胸に刻んで
希望の花を咲かせよう
旅は過去・現在・未来を繋ぐ心のかけ橋だ

一章　「ふるさとへの旅」

人生の宝　――私のふるさと

空っ風とかかあ天下で名代の群馬県、当時は多野郡字本動堂という地名だった。上毛《じょうもう》三山（赤城山《あかぎさん》・榛名山《はるなさん》・妙義山《みょうぎさん》）に囲まれた群馬藤岡、阿頼耶識《あらやしき》という屋号で呼ばれる古民家で私は長女として生まれた。雄大な浅間山も彼方にそびえ、噴火すると灰が降ってきて桑の葉や野菜に積もり大変な被害だった。盆地なので夏は暑く、毎日のように雷がありみんなで蚊帳に逃げ込んだものだ。冬は冷え込みが厳しいところで、霜焼けやアカギレが出来て辛かった。宝木箱には海軍の白い軍服、勲章、ミッドウェイ海戦のニュースをたたえる黄ばんだ新聞、それからその昔武士だったという先祖の形見の品、かみしもや刀など大切に保存されていた。

終戦直前に生まれた私、戦争は知らない。しかし伯父が二人悲惨な戦死を遂げ、祖母から度々戦争の哀しさを聴かされていた。母は海軍のエリートと結婚し、夢のような新婚時代をすごしていた時期もあったらしい。しかし彼の戦死で人生が一変した。一粒種の長男は生後数カ月で死んでいる。傷心の極み。女学校を卒業したばかりのお嬢さんだった母、家を守るために農家の三男、父と無理やり結婚する事になった。戦後の貧しい時代を、ひたすら汗水たらして働きまくり、七人家族を支えて父と共に生きてきた。苦しい中でも笑顔を忘れず暖かい愛をそそいでくれた母は今でも私の心に生きている。

養蚕《ようさん》が盛んで、春蚕《はるご》、夏蚕《なつご》、晩秋蚕《ばんしゅうさん》、晩々秋蚕《ばんばんしゅうさん》と何度も飼育をおこなっていた。繭は何よりの現金収入だったので必死だった。寝る場所もなくなるほどお蚕さまでいっぱいだった。猫の手も借りたい忙しさ、子どもは勉強より手伝いが大事だった。コメや麦、野菜も作った。みんな農作業の手伝いで忙しく過ごした。井戸掘りや家の建て替えの手伝いなどなんでもやった。牛の乳しぼりは蹴られるので恐かった。子ども達は野山を駆け回り遊んだ。時々駄菓子屋に行くのが楽しみだった。紙芝居屋さんもきた。貧しくて五円のお金が無くただ見のこともあった。うさぎを飼ったり内職をして小銭を手に入れることも楽しみの一つだった。ふと思い出す過去の記憶、分厚いマッチ箱にパンパンに詰め込んだころころのウンコ、紐で十字に束ねて提出した検便、小二の頃の奇妙な事実。

人生の原点は私をはぐくみ育ててくれたふるさとにある。両親始めあたたかい人々のお陰で人生を生き抜いてこられた。

世界遺産に指定された富岡製糸場で展示会が計画された。郷土の為ならと思い、すすめられるままに二点の作品を提供。「スイートメモリィ」と「母の詩」、詩は絹のスカーフに変身。イラストレーター・なかむら葉子さまのふるさとのイメージ、赤とんぼが映えていた。荻原朋弥さまのイラストは爽やかな淡い思い出を、柔らかく表現されており、心に滲みた。

時代は変わり高度成長の波、バブル崩壊、都会と田舎の区別がなくなり、人間も変わった。経済第一、お金がすべて、車社会がふるさとを変えていった。進む自然破壊。両親亡き後は寂しい故郷になった。今は清瀬が私の故郷だ。遠い親戚よりも近所の知り合いの言葉の通りのこの頃、つながりを大切にして行きたいものである。

古き良き昭和の温もり

その昔、私が子どもだった頃、農村地帯には物売りの声があった。朝には納豆屋、小銭を握り路地を小走り、声をかけ呼びとめる。夏はキャンディ屋さんが、鐘を鳴らしてやってきた。赤帽子に赤い服のトウガラシ屋さんは自転車に乗り「七色ートーガラシ」と節をつけながら売り歩く。夕方には豆腐屋さんがやってくる。鍋を持ち買いに行く。皆子どもの仕事だった。たまに来るおでん屋さん、ジャガイモなど持って行くと、甘い味噌こんにゃくやゲソがもらえた。秋にはとっかん屋（爆弾屋）が来てモロコシや米を炒って大きな音をたて弾けさせていた。モクモクと上がる白煙が懐かしい。一番印象的なのは紙芝居屋さん。ペロペロと鼈甲飴をなめ、型を抜くとおまけがもらえる。

ゲームもパソコンもテレビや電話、掃除機や洗濯機さえなかった時代、人々は手と手を繋ぎ肌を触れ合い暮らしていた。病院で出産があたり前の現代、当時はお産婆さんのお世話になった。大きな黒いカバンを思い出す。オート三輪車が走り去るとむせるほど土埃がたったものだ。貧しさの中の豊かさ、人々の温もりは永遠の光を放ち心に残っている。人間が機械に踊らされる複雑な時代、生きにくさを背負い、心の貧しい暮らしになってはいないだろうか。経済中心の文明の進歩は、人間の大切なものを壊してしまったようにも見え寂しい。自己中心的で傲慢な人間は原点に返り、未来を見つめて行かなければと思う。

友人からの贈り物（良寛さんの漢詩より）。

過てば改むるに憚《はばか》る莫《なか》れ（ミスをしたら、直すのをためらうな）
過ちを知らば必ず改む（過ちに気がついたら、必ず改めよう）
過ちて改めざる、之を過ちという
過ちを再びせず
其の過ち無からんと欲すれども得ず

「わかっちゃいるけど、やめられない」だから人生は難しい。

近い将来、人工知能の活躍で車は自動運転、仕事も半分になり、人間は余暇を持て余す日が来るとか……。働かず、考えずになったら、考える葦である人間はどうなるのだろうか。何しろ人工知能は小説も書くという。そんな事を考えるより、足元をしっかりと見つめて行く事が大事なのかもしれない。

天国の父に懺悔の言葉を

胸を膨らませて群馬から上京、昭和三十八年三月、生物部長のWさん、生徒会長のTさん、そして私、へっぽこ文芸部長の三人、故郷を後に会社員となった。高度成長のまっただ中、金の卵、周囲から「いい会社に入れたね」と言われていた。私は夜学に行く事を目的に就職。親からは東京は恐いところだからといって反対されたがなんのその。人買いがいるなどと脅されたりもした。母は長女のわたしを手放す切なさを、涙で語ったものだ。

勤務先は墨田区の業平橋、現在はスカイツリーで賑わう界隈《かいわい》。全寮制で三十人ほど利用者がいた。寮は足立区にあり、地盤が悪く雨が降ると周囲は沼のように水がたまり、洗濯ものが飛ばされると悲惨。東武線のラッシュ、痴漢にあった。巨乳が目立ったのか、おさわり……やめても言えず鼓動が高鳴り、身動きできない。牙をむき出し噛みついてやった。はじめは何をされているのか分からなかった。田舎娘は狙いやすかったようだ。

全国から採用された高卒の人材であった。仕事は物産事務、お菓子などの卸問屋。二週間の研修、電話のかけ方から学ぶ。当時電話等かけたこともなく田舎者ははらはらドキドキであった。僂くも夜学への夢は破れた。残業というものがあった。そろばんをはじく仕事は単純であった。こんなはずではなかったのに……。Tさんは高校の先生を頼りに潔く劇団・群馬中芸に飛び込んだ。Wさんも間もなく帰郷した。私は前橋のMさんと気が合い仲良しになった。友は女子医大の姉を頼りに別の道を探していた。自分も毎日、新聞広告をみて、転職を考えていた。そして二ヶ月もたたぬある日のこと計画を決断した。まだお給料も戴いてない。わずかの小銭を数えながらおもいをめぐらす。ひそかな夢は教師であった。自分のように臆病な子どもに自信をつけてあげる仕事をやりたかった。しいのみ学園にあこがれていた。しかし能力の無さを悟りあっさり教職をあきらめ保母職を選んだ。

会社側から退職を蹴られた。今思うとなんと大胆不敵な行動と軽率さにあきれる。心は新職場に飛んでいた。巣鴨がどういうところかわけも分からず、保育園の門をたたく。住み込みなので食べるに事欠かない暮らし、これだと直感した。夜逃げ脱出計画、友人が手伝ってくれた。窓から衣類を入れた柳行李と布団を運び出す。挨拶どころではない。「ヘイタクシー」、行きずりのタクシーに住所を見せて乗り込む。恐いもの知らずとはこういう行動のことか。ついたところは二三〇人の園児がいる児童会館、マンモス保育園若草。六畳に三人で寝泊まりする。押し入れがあるわけでもない。うさぎ小屋ならぬ雀小屋であった。戦前の建物で雨漏りのする部屋もあった。屋根裏にも住み込んでいた。総勢十人。朝六時から勤務、園舎の掃除、朝食づくりが日課。土曜日も夕方まで働いた。仕事が済めば夕食の買い出し、調理。先輩から餃子の作り方など習った。金曜日にはお茶の会があり、半ば強制、そんな日はメンチとコロッケのメニューであった。保母見習いは手薄な所へ、とんでゆかねばならなかった。給食の手伝いもよくやっていた。三二〇人分のおかずを一人で作るのだ。今思うと神業である。現代のようにアレルギー等耳にしなかった。

毎日が楽しくあっという間に過ぎていった。館長はクリスチャンもどき保育をすすめていた。集まりにはいつも讃美歌を歌い祈る。ピアノの上手なOさんは憧れ。いつも放課後は名曲を奏でていたものだ。「乙女の祈り」、「エリーゼのために」、「トルコマーチ」、「銀波」など軽々と弾いていた。館長は九時過ぎると毎晩のようにグランドピアノを演奏、ショパンの「ノクターン」や「別れの曲」等よく耳にした。ピアノに触ったこともない者にとって、それは仙人に思えた。独学らしい。お嬢さんは芸大の美術学部、息子さんは放蕩《ほうとう》生活。若い保育士はそれでもこの坊やに憧れ、噂話《うわさばなし》も弾んだものだ。

ある初夏の夕方、仁王立ちの父が玄関に立っていた。住所不定の我が子を訪ねて、巣鴨中の保育園を探し歩いたとのこと。親戚から聴いた巣鴨を手掛かりにやってきたのだ。麦の取り入れで猫の手も借りたい季節に。真っ黒に日焼けした父。「どうして来たの」とさりげない一言、おいかえした私。お茶の一杯も出さずに……なんというひどいことをしたのだろうか。「親の心子知らず」詫びても償えない。父は講談社のある音羽町で暮らしたことがあり、東京には詳しかったらしい。「昔、池袋の雑木林を馬で駆け回ったよ」と話してくれたものだ。戦争で兄が二人戦死したため、人生を振り出しに戻さねばならなかった父。職人としてようやく独り立ちという時、お得意さんも沢山出来、これからというその時、全ては戦争のために無念の決断。父は農家を継ぐ羽目になったのだ。

二年目からは一年保育の五歳児三十三名の担任となった。初めての集団生活になじめず脱走する子を追いかけ、噛みつかれ散々のこともあった。まだ自分も子どもの様な未熟な存在だが責任は大きかった。東京オリンピックの秋の日を思い出す。抜けるような青空に五輪の輪、感動し見上げていた。あの頃の子どもはもう定年を迎える。夢のようだ。小さな日常をはっきりと覚えている。愛おしい子ども達だった。

夜遊びも忙しかった。巣鴨から十円で池袋へ行けた。駅から遠いはずなのにそんなことは苦にならず、毎日のように出かけたものだ。舞芸という演劇関係の仲間に入りわけも分からず通った。門限は九時、鍵をかけられ締め出される。いつもガラス窓のかけている場所から、はいはいで忍び込んでいた。初給料でアコーディオンを手に入れ、音楽センターで習い始める。若者の集いにもよく参加した。しかし、年休制度もない職場、ここにいたら資格が取れないとの事から転職を決断。まだ旅は始まったばかりだと言うのに、自分ですべてさっさと決めた。わずかなお金しかなかったが、全く気にはならなかった。

半世紀過ぎた頃、懐かしさに、かっての園を訪れた。鉄筋に建て替え、立派なたたずまい。懐かしい町に昔の面影はなかった。しかし感慨深いものがあった。卒園の記念撮影をしたあの桜の木だけが面影をとどめていた。息子さんは亡くなり嫁さんが園長になられているらしい。昔の友はちりぢり。障害児をかかえてがんばっておられる方、仕事の厳しさに耐えきれず荒川に飛び込み自死された方、役所に入り役職について上司と結婚された方、田舎に帰られた方、皆長い人生を生き抜いてきた。懐かしい思い出はいつまでも鮮やかだ。厳しいとか辛いとか考える余裕もなく生きて来られたのは、つつましく育てられたことが、生きる力になっていたからかもしれない。

あれから半世紀、その歳月を保育士に捧げたわたしの人生、大勢の子ども達や親御さん、職員との出会いに感謝するのみだ。素晴らしい仕事に出会え、定年まで働いてこられたことに充実感と喜びでいっぱいだ。

良きにつけ悪きにつけ、「思いたったら吉日」の哲学で生きてきた。せっかちの性格は昔のままだ。今、私はあの頃のピアノ曲を弾きこなす夢を追い続け励んでいる。

父の日に

六月の雨に　濡れながら
父がやってくる
ライラックの香りと共に
あなたの心を連れて
「元気で　やってるかい」と
微笑《わらい》ながら　肩をたたく
今も聞こえる父の一言
あなたは不死身
言葉にならないありがとう

母を想う

彼岸です。あれから十年、亡き母を偲びました。戦争に愛する元夫を奪われ、家のために嫁ぎ、子ども達のために身を粉にしてひたすら働いてきた母、若い頃、婦人会長をしていた時が花だったのかもしれない。姑に仕え、嫁には気づかい、頼みの綱は長男、彼女の人生は何だったのだろうか。あたたかく底抜けの明るさは遺産だと思えた。

母の日に

野道を行けば　母子草
無言の愛に包まれて
ミカンの花も　咲きました
私は　楽しく暮らしています

いつの間にか　まるい背中になり
あなたに似てきた　私です
天国へ　ムーンダストの
カーネーション
倒れそうに　なった時
支えてくれて　ありがとう
永久《とわ》の幸福《しあわせ》　感謝のしるし

すえ飯

冷蔵庫のなかったあの頃
母はねばねばしたすえ飯を
何度も水で洗いながし
さらさらに仕上げそれを食べた

ある朝のこと　私は見た
店の前に廃棄される折り詰め寿司の山を
捨てるために作ったわけでもないのに
米粒一粒でも無駄にしたら目がつぶれる
食べられずにゴミになるのは忍びない
食べられてこそ役目を全う
だからといって偽装もままならぬ
成仏できずにこの世に未練を残したまま
毎日ただ捨てられる食品
日本中の人の目がつぶれてしまいそうだ
　飢えに苦しむ　八億人
　栄養失調　二十億人
この地球上で同じ人間が悲鳴をあげている

虱《しらみ》

母は虱取り名人だった
指に唾をつけ
ピョンとはねる虱を
素早く捕まえ指で窒息
そして両手の親指の爪を合わせ
ブチッとつぶす
大きな虱はメス
タマゴがまるで数の子のようにはじける
おつるみ発見の時には
母の声が上ずり
覚悟はいいか
絶対に逃がさんぞと
視線が変わる

蚤に喰われるといつまでも痒い
掻きむしったらグジュグジュになる
蚤は赤茶色の糞をして
シーツに模様を残す
母はあの世でも
蚤取り自慢をしているのかな

お蚕《こ》さま

春蚕《はるご》に秋蚕《あきご》　晩秋蚕《ばんしゅうさん》に晩々秋蚕《ばんばんしゅうさん》
天から地上にやってきた　お蚕さま
あなたと暮らした日々を懐かしむ
長い首してご挨拶
シャリシャリ　シャリシャリ

ささやきながら桑の葉食べる
食べない時は　眠ってる
蚕糞はちっとも　臭くない
小さな　緑のサイコロだ
肥やしにだってなるんだよ
脱皮上手な　お蚕さまは
手のひらにのせると　ぽっちゃりと柔らかい
何も言わずに　首を振る
水も飲まぬのに　ひんやりするよ
うじゃうじゃみんなで暮らしてる
ケンカなんか　しないんだ
いつもにこにこ　姫蚕さん
まぶしに入れば
数百十メートルの　絹の糸をはく
教えてないのに　繭をうむ

繭作りの　天才だ
不思議だな　御蚕様は
緑の桑の葉食べたのに　白い繭つくる
やっぱりお蚕さまは　天の虫　神様の贈り物
お蚕さま「命」だった母
姉さんかぶりの母　想いだす

母への手紙――七十一年目のありがとう

故郷は空っ風、山からの吹き下ろしが冷たい季節になりました。天国は寒くはありませんか。父ちゃんと仲良く暮らしていますか。母ちゃん亡きあと早十年。原発や震災復興で激動の時代、子供にも頼れないし、高齢者も生きて行く智恵が必要です。母ちゃんは私の目標でもあり、支えでもあります。貧しい中でも豊かな心を育んでくれた母ちゃんは心の故郷です。

私はもう古希《こき》を通過しました。本当に人生はあっという間に過ぎ去るものですね。歳を重ねるごとに、母ちゃんの気持が痛いように分かる私です。人は愚かなもので自分がその立場に立たないと相手の心が読めないものなのでしょうか。晩年の一人暮らしは、どんなに寂しかったことかと思うと、涙があふれ出ます。

私にはどうしても言えなかった一言があります。私がまだ子供の頃のことです。それは或る夏の日の出来事です。一つ蚊帳の中にもぐりこみ、皆でごろ寝をしていた時代。家の中まで御蚕さんで寝る所もないほどだった時、覚えていますか。

てんやわんやの忙しさ。子供達も懸命に家業を手伝い働いていました。そんなある時、母ちゃんの貴重品入れの引き出しから、御札がはみ出していました。私は何気なしに引き出しをあけ、出来心からか、魔が差したか記憶にありませんが、無意識的にお札に手を出し、一枚失敬してしまったのです。特に使う予定があったわけではありません。手にしたことがないお札に惹かれたのでしょうか。その後、恐くなり戻そうとしましたが機会を逃してしまいました。閻魔《えんま》様に舌を抜かれずに済みましたが、板垣退助が睨《にら》んでいた記憶がありません。当時は貧困のなか生活は大変な時代。どんなに貴重なお金だったたか、知る由もありません。何しろ内職をしてもスカーフの縁《ふち》かがり一枚二円、造花作りも同様。今のお金にしたら百円は千円くらいでしょうが。毎日落ち着かず気持ちが揺れ動き、そわそわしていました。子供心に頭に焼きつき、あの時の情景が忘れられません。申し訳ない気持ちと悪いことをした罪悪感とで、くちゃくちゃでした。母ちゃんに、

「嘘は泥棒の始まりだよ」

と言い含められると、胸が痛み、泣きたいような気持ちになりました。余計に返せなくなりました。そっとどこかへ挟み込みそのままでした。あの時、母ちゃんは多分知っていたのですね。私の「御免なさい」を待っていたのでしょう。本当に悪い子でした。

「許して下さい。母ちゃん」

時効になってしまいました。その何倍も孝行出来たら良かったけれど、すみませんでした。

何事もなかったように時は流れ、故郷を後にして、半世紀が過ぎました。昔の思い出はますます鮮明に甦ります。笑顔を絶やさず、いつも元気な母ちゃんのことを思い出します。今でも私の胸の中で生きています。

母ちゃん床屋のおかっぱ頭が大好きでした。風邪をひいたときにはネギを焼いて布で包み首に巻いてくれましたね。卵酒も思い出します。腹痛を起こせばコヌカをホーロクで炒

り、袋に入れて抱かせてくれましたね。焦げた卵焼きも好きでした。母ちゃんのでっかいボタ餅が食べたいです。手作りのおしんこは、最高でした。御祭の時の赤飯は忘れられません。うちわでパタパタとあおぎながら、七輪《しちりん》で焼いたさんま。むせかえるような煙を想い出します。頭と尾っぽを、分け合って食べましたね。霜焼けの手をさすってくれたことも覚えていますよ。何よりも懐かしいのは、陽だまりでの耳掃除。股ぐらに抱え込んで、耳垢を取ってくれました。くすぐったくて、そのうちにいい気持ちになり眠たくなりました。大きい耳垢が取れると自慢そうな母ちゃんでした。紙芝居屋のおじさんが来ると工面して水あめ代金をくれましたね。畑仕事は大変でしたがよい体験になりました。母ちゃんに反抗的な時もありましたが、今は丸ごと好きです。

仕事に行き詰まった時も、母ちゃんの一声で乗り気って来られました。「自分で選んだ道、自分で決めなさい」温かく見守って下さり、力になりました。お陰で四十年間も働くことが出来ました。寒い晩は母ちゃんの作ってくれたかい巻きに身を包むと、温もりが伝わってきます。

母ちゃんは私達のマザーテレサでした。九十一歳で燃え尽き、夫の元へ旅立って逝きました。家族の一人一人に生き方のプレゼントを残してくれました。私は「忘れないよ」母ちゃんの言葉を。長女には「お母さんを頼むよ」、二女には「元気な子を産むんだよ」、そして私には「夫さんをよく見てやるんだよ」「兄弟仲良く暮らすんだよ」、小さくなった身体で、力を振り絞って話されましたね。心配しないで大丈夫。ゆっくり休んで下さい。

私も一人になりましたが、幸せな日々を送っています。社会参加し自立して、自分らしい人生を歩んでいます。

戦争や貧困、時代の波にほんろうされてながらも、まっすぐに人生と向き合い働き続けた母ちゃんは私の宝です。四人の子供の為にひたすら生き抜いた母ちゃん、野太く節くれだった手、丸くなった背中、はじけそうな声やにおい。母ちゃんとの思い出は永遠です。いつまでも忘れません。私は愛された思い出を胸に、今日まで生きてきました。大好きな母ちゃん。天国から私たちを見守っていて下さい。母ちゃんの生きた様に私も、人として真っすぐに生きてまいります。あふれるほどたくさんの「愛」を有り難う。そしていつかまた会いましょう。赤とんぼの歌を歌いながら、雲の上でね。その時までさようなら。

あなたの娘京子より

おばあさんありがとう

おばあさんありがとう

八十の手習いせし祖母
十九の私にラブレター
鉛筆なめなめ書いた
たどたどしい文字
寄りそってくれてありがとう
愛に満ち輝く
人生の宝物

お見舞いに行ったら
わたしの手を握りしめ

離さなかった
息子達を戦争に奪われ
苦難の人生
病床で震えながら泣いていた祖母
別れの時が来た
ありがとう　ありがとう
私も泣いた
あの時ほど祖母の愛を
深く感じたことはない
おばあさんは　わたしの守護霊だ

祖母の葬式

誰しも生まれたらいつかは死なねばならない。終着駅に向かっていかに生きるか、それが問題なのであろう。半世紀前の祖母の葬式を懐かしく思いだす。私は祖母と一八年間共に暮らした。私はうち孫の長女だったのでことのほか可愛がられていた。寒い冬には懐で足袋や下着を温めてくれたりしたものだ。祖母は八人の子どもを産み育て、戦前戦中戦後を生き抜いた。器用で頭のいい人だった。歌が好きで口承で覚え楽しんでいた。義太夫や浄瑠璃の知識もあり「阿波の鳴門」の語りはとても上手だった。お弓とお鶴の別れの場面は今でも鮮明に記憶している。二人の大事な息子を戦争で失い、どんなにか辛かったことだろう。貧乏暇なしの働き者だった。先祖は武士だったらしく、血筋がいい家柄だとのことであったが、どこかで羽目を外して没落したらしい。晩年はこの亡き二人に食べさせてもらっているのだといって自分を慰めていた。私は祖母の肩たたきしてお駄賃をもらうことが楽しみの一つでもあった。祖母は仲間と町の湯へ足を運び楽しんでいた。東京の我が子のところへもよく出かけて行った。私が東京へ出てからは、八十の手習い、文字も習い始めた。たどたどしいひらがなで手紙をくれた。その意欲はみあげたものである。今でも尊敬の念を抱いている。

祖母は小銭をしっかり小袋に入れてタンスにしまっていた。自分が死んだらこのお金をまいてほしいとのこと。今までお世話になったお礼にお金を施すらしい。甲状せん肥大もあったが最後は脳溢血で寝たきりになり、八十三歳で亡くなった。母は寝たきりの祖母の介護をしっかりつとめた。紙おむつなどない時代、ボロをおむつにし使った。冬の河原での洗濯は身にしみたことだろう。本当にご苦労なことであった。この年になっても母を超えることのできない私、懐の深さや心棒強さ、その偉大さに打たれる。

葬式は一大儀式である。お寺さんと話し合い、村人が寄り集まり、段取り良く準備を行う。まず竹を切りだし葬列に使う道具を用意する。のぼり旗の様なものもあった。竹で編んだ籠にお金や綺麗なひらひらの紙等入れる。ジャガイモ串につけたひらひら紙をさす。当時は土葬であった。お婆さんは身体が固まらないうちに湯灌《ゆかん》の儀式の後、お棺《かん》にふされた。しゃがむような姿勢で脚を折り曲げ納棺。村の衆はお念仏を唱え弔う。葬式は列を組み庭を数回まわる。後半で銭をまく。子供が大勢集まってきて泥まみれになって銭を拾う。娘たちは喪服の袂《たもと》に銭を忍ばせて準備。要領のいい子は、お金持ちそうな人から離れずに銭拾いをする。建前等でもおひねり銭や物をまく習慣があった。貧しい時代の知恵かもしれない。お墓の穴は村の人が掘って準備、お棺は穴に入れられてから、形見の品を納める。最後に石をなげてから土をかぶせる。石を投げる行為はどんな意味があるのか知らないが辛かった。最後に土をかぶせ、饅頭《まんじゅう》型に盛り土をする。底に御膳を添えてご飯には一本箸をたてる。

関越高速道の建設ルートに引っ掛かり墓地は移転、ビニールのかばんは自然に戻ることなくそのまま掘り起こされたとのこと。村の御寺は格式が高いらしかったが、坊さんが数千万の金を使い込み夜逃げして、現在は不在らしい。坊さんの品格も落ちたものだ。時代と共に村人との関係が薄れてしまい、ありがたみも感じない。商売人になってしまった。お布施の相場は様々、地獄のさたも金しだいの様だ。

父の葬儀は三百余人もの方々に送りだして戴いた。私の中学時代の国語の先生、観音寺の広瀬和尚（九十歳）、ベンツで岡之郷から来て下さった。母は大変だったことだろう。私の夫は富山、彼が十七歳の時母親が他界した。自宅前の山の頂上で焼いたとのこと。一晩中付き添ったらしい。多感な時期、親との別れは切なかったことだろう。現在は火葬、葬儀場完備のため伝統的な葬儀は全く消えた。昔の葬儀は風情がありどこか日本的で人間的に思える。現代は葬儀形態も変わり、戒名もなしの方も多い。樹木葬や共同墓地、団地墓地等様々だ。死んでしまえばおしまいであるが、残された人間の心のよりどころとして墓地は存在する。今後は無縁墓地が増えそうだ。自分の御墓は柳瀬川のほとり、桜が咲けば素晴らしい景色、新宿のビルも見える高台。入る場所があるだけでも安心できる。次の世代に青い空や地球、平和な世の中を、との願いは限りないが、人生を全うしたあとは、野となれ山となれ。断捨離《だんしゃり》もままならない何かと忙しい日常であるが、よりよく生きることは死ぬことへの準備のように思えるこの頃だ。最後は誰かのお世話にならないとあの世には行けない。迷惑かけずに最後まで頑張れたら最高だが、思うようには行かないのが人生かもしれない。

大雨が上がりました。見上げると　大きな虹の橋がかかっていました。

虹

雲間の太陽がまぶしい
東の空を見たら　虹だ
私は広場へ走っていった
七色の神秘　天空の城
青い屋根から地球の果てまで続いている
雲間からもう一つの虹

喜びの連鎖だ
その昔不吉の象徴だった虹
わたしはずっと空を見上げていた
夢の様な愛おしいひと時
神様のくれたご褒美だ
振り向くと西の空には
サファイヤのような水色の空
黒雲の間から　広がっていた
何と言う透明な青さ
どんな絵の具でもこの色は出せない
私の心は喜びでいっぱいになった
私は長い間　空を見ていた
人はきっとこんな美しいものを見るために生きているのだ
ちぎれ雲が風に乗って流れて行く
沢山の亡き人の笑顔が浮かんでいるようにも見えた

ふと見下ろすとそこには
浄土の彼岸花が燃えていた
大空のあの虹はいつまでも私の心から消えず
美しく輝いている

ふるさと

思えばここは私のふるさと
あなたと出会い
あなたと暮らした街

春には草木萌《も》えたち
大地は甦り眠りから覚める
花咲き鳥歌い光溢れる

夏にはひまわり咲きめぐり
あなたと過ごした
あの燃える日々懐かしむ

秋には霧立ち込めて
深い森は弔いのしたく
新しい命を宿しながら

冬には葉ボタン
柔らかな衣装をまとい
暖かなあなたの愛を包む

思えばここは私のふるさと
木々そよぎ　星降る里

あなたの面影抱いて
一瞬の今を生きる私

愛の詩

愛したいものは何ですか
愛する時間はありますか
生きている今を愛していますか

自分の手足で歩いていますか
自分を縛りつけているものを振り払い
自分にとって素晴らしいと思うものを大切に

高らかに歌声響かせて行くのです

過ぎ去った日々はどれも愛おしい
何度でも抱きしめたい

命にかけても守るべきもの
愛する者のために生きるのです
本当の自分を生きるのです
あなたの愛を阻むものに強く向かうのです

旅

人生は自分探しの苦難の旅路に似ている。
歩けど歩けど見つからない自分
走ってみても　分からない自分
他人のこと等分かるはずもない

痛みを知らぬものは
人の痛さも解らぬものだ
自分を愛せない者には
きっと他者を愛する事も出来ないのだろう
人間は光と影のバランスを保つことで生きていられる
表裏一体の陰と陽　プラスとマイナス　善と悪
闇の中でも光に向かい進むことが
生きる秘訣なのだろうか
稜線をたどり峰を越え
山登りは厳しいが
のぼりつめれば絶景は素晴らしい
下山は慎重に一歩を踏み出さねば危険だ
旅路の果てに自分が分かってきた頃は
人生の終着駅が近づいているようだ
お陰様　生かされていることに感謝の日々である

二章　「ババちゃんの旅」

ババちゃんの旅

1 春の原っぱの旅

あるところに散歩の好きなババちゃんが住んでいました。三寒四温、待っていた春が近づいてきました。こぶしの花は固い蕾をパッと開いてポンポンと咲き始めました。木々はまだ裸で震えていますが、林の中は金花草の花盛り。柔かい春の日を浴びて輝いています。小鳥たちは喜び、春の歌を歌い始めました。

ババちゃんは今日も早起き、元気に体操を始めました。雀やオシャレセキレイがピチクリピイピイ、餌のおねだりにやってきました。ババちゃんは「ホーレ、ホレ」といいながら、パンの耳を撒いてあげます。警戒心の強い雀ですが今ではババちゃんにすっかり慣れてしまい、足元までやってきます。金魚はこんこんと鉢の淵をたたくと浮き上がってきて餌を待っています。鯉のように大きな口を開けて餌にパクッととびついてきます。メダカと仲良く暮らしています。氷の張るような寒い冬も乗り越え大きくなりました。お庭の植物は冬の間大変つらい思いをして耐えてきました。雪の日でもひたすら踏ん張り我慢、霜が降りてもストーブにあたることもできません。ようやく蕾のふくらんできたボタンです。スミレやサクラ草はもう元気いっぱい花を咲かせています。原っぱには土筆《つくし》も顔を出し「春が来たよ」と歌っています。モグラさんはもっこりと土を押し上げ青い空をみあげ、またトンネル掘りです。

でも哀しいことにある日のこと、緑濃き原っぱ一面に除草剤散布。可憐なホトケノザの花はうなだれ、虫はピンク色の甘い蜜を吸う事も出来ません。なず菜の花は実を結んでいたのにしおれてしまいました。犬は喜んで駆け回っていますが、毒薬の被害を受けるかもしれません。人間は恐ろしいことを平気でやってしまいます。気づいた時は後の祭りです。あたたかな春の雨が原っぱに降り注ぎましたが、緑の色はますます褪せて黄色く変色するばかりです。ババちゃんは愛おしい野に咲く花々を眺めため息をつきました。

なずな

七草なずな　七草粥に
春の野に　なで菜
なでるように愛でる
十字型の白い花
いつの日か
かんざしとなり
「全て君に捧ぐ」の花言葉
逆三角形の愛の花
遠き日の思い出は
ペンペンと三味の音
耳元に優しく響く

仏の座

誰がつけたか　ホトケノザ（仏の座）
三階草の名前そのもの
まるい大座に大勢の踊り子達
赤紫のかわいい唇のような花
温暖化に合わせ春を待たず咲いた
甘い蜜をチュクチュクすった日
あなたはうさぎの餌でした
長い年月逞しく生きる野草さん
霜に打たれても
その花の命を愛し守っている

冬眠から目覚めたばかりの、ヒキガエルの子ども、道路に飛び出し、無残な姿に……。

バスがやってきて、パチッと言う音と同時に内臓破裂、即死でした。放置したら何度もひかれてせんべいになる運命、ババちゃんは可哀想でなりませんでした。紙でくるみ神社の蕗のとうの下に葬りました。そして野の花、仏の座をお供えし手を合わせました。カラスの餌になるよりお母さんの所へ帰してあげたいと思いました。朝霧にかすむ中、ババの眼には涙が光っていました。「明日は我が身か」交通事故に遭わないように、教えてくれたガマ君です。

2 「人間捨てたものじゃない」の旅

やがて桜の季節がやってきました。お花見気分で浮かれているさなかに、今日も火災で焼け死んだ高齢者家族のニュースが報道されています。あまりにも事件ばかり起こるので誰もが鈍感になっています。が、人ごとではありません。そして赤ちゃんが、虐待される世の中は許せません。ペンギンのお母さんは餌がなくなると自分の腹を裂き血液を与えるそうです。えらそうなことは言えませんが育児放棄人間は動物以下だと思います。冷酷非道な事件に目をそむけたくなります。

殺人事件も後を絶ちません。生きにくい時代、自殺者も増えています。貧困の連鎖は大きな問題。そして非正規雇用に苦しむ若者たちがいます。

オレオレ詐欺とは何事でしょうか。金さえあれば何でもオーケー。自己中で大人になれない人々が多くなりました。なぜ昔より豊かに見えるこの時代に心が反比例してすさんでしまったのでしょうか。供物に添えて送ったお香典、届いたのでしょうか。「お見舞は要らない。お返しが面倒くさい」と。贈り物、「そのようなもの食べないから二度と送らないで」。心を贈ったのですが、届きませんでした。別にかまいません。ババちゃんは開き直り、恐いものなしです。何故って自由なのですから。家族、血縁関係も崩壊しています。欲しいのは財産だけなのでしょうか。あまりにも寂しくはありませんか。人間の尊厳さえ奪われ孤独死の時代。この国には「神も仏」も消えてしまったのでしょうか。人情等という古い言葉も歴史から抹消される運命かもしれませんが、あきらめたらおしまいです。信じる者は救われるのですから。それにしても奇人変人のうごめく時代、自分の身を守らねばなりません。

先日哀しい思いをしました。挨拶さえつうじない時代なのでしょうか。良い耳をつけているのに、聞こえないふり、無視です。人間十人十色、悩むほうが馬鹿でした。でもなぜかすっきりしないのです。が、よく考えてみたらそんな事を気にする自分がちゃんちゃらおかしくなりました。通りがかりの車いすのワンちゃん、優しい笑顔のおばちゃんに挨拶をされました。知らない人でも心に明かりが灯りました。人間捨てたものじゃないね。「ご機嫌悪いのは幸せじゃないからなんだなー。可哀想に」と思いました。

耳なしジジさん

耳なし　ジジさん　何を聴いても　知らんぷり
何を言っても　お念仏
おはようお元気　の声も届かない
あなたは何時から　耳なしジジさん
生きてるの　死んでるの
やまびこだって御返事できる
いつまでだだっ子するつもり

ハシブトガラスが笑っているよ
鏡で自分を見てごらん
ごきげん斜めのその顔を
お天狗さんなら皆逃げる
ろくでなしなら相手にやしない
石頭ならたたいてごらん
お天気屋さんのジジさんよ
つれなくさみしいあなたさま
脳味噌壊れりゃおしまいよ
笑いヨガでもしませんか
さわらぬ神にたたりなしじゃ
意地っぱりジジさん　さよなら三角
たてたて　よこよこ　マル書いてチョン
ダルマさんがころんだ　またころんだ
歳をとったら丸くなろ

丸は優しい風船のよう
青いお空へふんわりこ
自由な心の象徴だ

今年も花粉が飛び始めババちゃんは目がかゆくてちょっと辛そうです。人参畑は収穫の最盛期。人参さんは障害物に当たるとすぐに変形して真っすぐに育ちません。クズの人参の山が出来ました。おじさんはとても気のいい方で、「好きなだけどうぞ」とのこと。ババちゃんは沢山の人参を戴き、まるで人参大臣です。あちこちに配達です。もったいないから食べて戴くためです。友達は人参ジャムを作りババちゃんに持ってきました。おじさんはお礼にお土産の漬物をくれました。なますや煮物の差し入れもありました。食堂のおかみさんはカレーライスを作りました。

ねこやなぎが芽吹きはじめました。大自然の不思議な姿に感動です。

ねこやなぎ

春まだ浅い水辺に生きる
ねこやなぎ
褐色の固い芽を膨らませ
やさしい春を待つ
せせらぎの音に誘われて
銀色の蕾がはじける
猫の毛なみのようにフワフワと
柔らかくしなやかなビロードの装い
にょきっと咲いて輝く自由をうたう
恋の季節にふさわしいねこやなぎ
おもいのままの美しさ

3　カラオケ同行旅

月曜日、好奇心いっぱいのババちゃんはお出かけです。今日は気の合った仲間達とカラオケタイム。手造りランチが楽しみです。中華おこわにひじきの煮物、唐あげにサラダなど盛沢山です。トマトジュースやコーヒーも出ます。もちろんお酒大好きおジジさんもいます。おなじみさんはボトルが置いてあります。演歌には全く関心のないババでしたが、この頃は朱に交わり、なんでも見てやろう歌ってやろうと意気揚々です。ひばりちゃんの「哀愁波止場」を歌うと仲間がイエーイと拍手。この歌の底深い哀愁のメロディが好きなババでした。他にも懐メロの「影を慕いて」や裕ちゃんの「赤いハンカチ」など違和感なく歌うようになりました。新曲には興味がありません。カラオケは自分の好きな歌を歌い酔いしれるだけでいいのですからのんきなものです。Tさんは「健康のためだよ」といつも同じことを繰り返します。気の許し合える仲間との会は楽しいものです。後半にババは「長崎の鐘」や「千の風になって」、「いのちの歌」等を歌いました。その日は東京大空襲から七十一年目の日でした。十万人の人間が焼きだされ東京は焦土と化しました。みんな戦争はこりごりですが「なにも今そんなこと考えなくたっていいじゃないの」、のんきなものです。今が良ければ万歳です。でも「今、平和憲法を守らないでいつ守るのでしょう」。本当にいいのでしょうか。孫達が戦場に駆り出され、殺し合いをするとしたらあなたはどう思いますか。原爆を落とされたこの国、二度と殺し合いをしたくはありません。お構いなしに軍歌を次つぎに歌う知らないおじさんがいました。気持ちが悪くなりその日は早々と帰りました。

洋子さん

あなたは　父を知らない
あなたの父は　あなたの名前を残して死んだ
戦場で　あなたの名前を
くり返し呼びながら　死んだ
募る思いをこらえて　死んだ
愛しいあなたを　抱きしめることもできず

あなたの幸せ祈りつつ　非業の死
あれから七一年
あなたは生きた
命の限り
そして　あなたの中に
殺された　父がいる
父を奪った　戦争を
愛を引き裂いた　戦争を
憎む　あなたがいる
愛する孫を
戦場に　送らせまいとする
あなたがいる
無念の思いは　爆発し
この世に　生きる限り
二度と再び　繰り返させまい　戦争を

戦争は　おどろおどろし　殺人ごっこ
殺し合いはやめましょうと　叫ぶ
生きとし生けるもの　全ての命は平等なのだ
人間は　戦争をするために　生まれてきたのではない
人間は　人間のために　貢献するために　生まれてきたのだ
人間は　みんな　幸せになるために　生かされているのだから

その夜見た夢、黄色いカラスがやってきました。強風で雨戸がガタガタ騒いでいます。カナリヤになれなかったカラスの切ない想い。黄色いカラスは過去にこだわり昔の自慢話が大好きです。地位も名誉も勲章も今は手放し、ただの人なのにそれが分かりません。みんなは「またか」とうんざりした顔で聞き流しています。わけのわからない、ひとりごとを言いながら道行く人の姿も気になりました。

4　高齢者施設ぬくもりの旅

火曜日、小春日和の気持よい日です。今日は高齢者施設へのボランティアの日です。この国は少子化の上、高齢者人口が増加しつつあります。元気な人が出来ることをして、高齢者を支えて行かねばなりません。人のために働く事は生きがいでもあります。皆さんはいつも首を長くして待っています。その日は「早春賦《そうしゅんふ》」の歌から始めました。「若返りの水」の紙芝居が始まると、うつらうつら居眠りのご老人もいました。若返り、赤ちゃんになったら、皆さんどんな人生を歩まれるのでしょうか。輪廻転生、信じたくもあり、信じたくもなし。

歌は苦手のおじいさんもいます。有り難迷惑そうですが聴いてくれるだけでも嬉しい感じです。認知症らしきかたが何度も「早春賦」のリクエストをします。最後にまた歌いました。毎月、『あなたの誕生を祝う詩』の朗読をプレゼントしています。皆さんの生まれたふるさとのこと等伺うと喜んで話してくれます。戦争体験のある方が多いので、貴重な体験も聞けます。学童疎開で大変な思いをした方もおりました。腹が減り絵具をなめたという方、絵に描いた寿司をつまんで食べていたとのこと。中でも台湾からの引き上げ者のご苦労は聞くも涙でした。

お雛様の歌も上手に歌いました。十二曲ほど歌うと終わりの時間になりました。「うんまい、うんまい」といいながら皆で拍手。歌の輪に入れない方は、トイレ通いばかり、苦虫をかみ潰したような表情が寂しかったです。終了後は楽しいおやつタイムです。

施設に入れる方は恵まれている。先立つものがなければなりません。でもババは思いました。最後の最後まで自宅で暮らしたいと。鉄格子はありませんが、収容所に似て自分には耐えられないと思いました。最後まで放し飼いの鶏になりたかったのです。金の卵は産めませんが、まだまだ元気はあるのですから。自宅にいても子どもから虐待を受けたり、無視できない問題も山積みです。

来週は幼児施設のボランティアです。わらべ歌やリズム遊びの準備をしなければなりません。アイヌの「バッタキウポポ」は、どの子も大好きな踊りです。楽しそうな表情に、励まされます。母国語の獲得は人生の基礎作りに欠かせません。早期教育とやらで英語を教えられた子供達は可哀想。混乱して母国語での思考ができない子になってしまう場合もあります。美しい日本語こそ民族の宝です。わらべうたで遊びながら心も体も柔らかく伸び伸びとした教育を保障してあげたいものです。何しろ可愛い子供達が待っていてくれるので、やめられないでいます。

ある日、紐で繋がれて歩く子どもの姿を見かけました。まるで犬かうさぎのようです。ロープで繋がれた猫の散歩も時々みかけます。誰が考えついたものだろうか。手のない人ならいざ知らず、立派な両手があるのに手を繋ごうとしない。不思議でならない。手を繋げば温もりが伝わり子どもの心に届く。紐でくくれば逃げられないから安全とでも考えているのでしょうか。どう考えてもおかしい。自分が紐でくくられていたらどんな気持ちになるだろうか。自由を奪われた奴隷のような錯覚に陥る。しかしそんな親子に声をかける勇気はない。育児産業にのせられないようにと願うばかりだ。

昔はねんねこバンテンで背中におんぶが主流だった。いまはおんぶのできない母親も多い。おぶい損ねて我が子を放り出してしまったと言う人もいる。前抱っこはころんだときにまず赤ちゃんが頭を打つから危険です。

スマホやゲームに夢中になっている子ども達はとても気になります。大自然の中で身体を使い仲間と遊べますようにと願うばかりです。何しろ子供の虐待には心が痛み、むごいことをやってしまう大人の勝手さを嘆くばかりです。

火曜日、その夜見た夢は、なんだと思いますか。白いカラスの夢でした。白いカラスは黒が嫌いでした。白いペンキ桶にドボンとつかり気取った白鳥になろうと考えていました。いつもトップに立っていないと気が済まない病気になっていたのです。人はみかけによらぬもの。どこかよそよそしく冷たいのです。周囲の人は正体を見抜き、避けるようになっていました。

ひじ鉄砲をくらいたくなかったのです。「人のふり見てわがふりなおそ」。自分もあの人に会いたくないと言われないようにしようと思いました。いじわるばあさんや愚痴りマンにやっかみ婆さん達、様々な人間模様。自分のことは分からないものなのです。いずれにしても肩書き等でがんじがらめに縛られる人生はまっぴらごめんと思うババちゃんでした。

5　病院と大宇宙への旅

水曜日、ババちゃんは病院へ行きました。胃カメラ検査を受ける日です。先日真夜中に具合が悪くなりゲーゲー苦しみました。胃がムカムカしてさえません。大嫌いな検査でしたが覚悟を決めました。意気地無しのババちゃんは仏壇に手を合わせ神頼みしました。癌《がん》だったら入院だと思いスーツケースに必要なものを詰め込み準備しました。朝食を抜くと体が軽くなりました。鼻からの検査は出来ず口からカメラが入りました。ヨダレと涙がタラタラ出ます。まな板のコイ。優しい先生でしたが、一刻も早く終わって解放されたい気持ちでした。バラ色の写真を渡され説明を受けました。慢性胃炎脱こう。いかめしい名前がつきましたが、ひとまず安心。日常の食生活を見直すいい機会でした。油ものの食べ過ぎは禁物です。「言うは易く行うは難し、のど元過ぎれば熱さ忘れる」食い意地の張っているババですが、まっいいかのノーテンキな人でもありました。気になる体重も元気が一番と自分を甘やかしています。これからは野菜を主にとるように心がけようと思っています。自分の体は自分でしか管理できません。何しろ七十一年も働き続けてくれた体です。労《いた》わらねばもちません。

人間ほど長生きする生き物は限られています。蝉は地上で暮らせるのは一週間。恋の成就のためにだけ生かされているのです。数千年も生きながらえる凄い樹木もあります。大切な命ですが地球の歴史からみたら一粒の砂のようなものかもしれません。先が見えてきたこの頃は、限られた時間が愛おしくなりました。生まれたものは必ず死ぬ運命です。歳は誰でもとりますが、生きている喜びを、感じられる人生でありたいと思うのでした。

今や病院は高齢者の社交場。薬は最小限にして、自然の摂理に従う生き方を選びたいと考えています。

一度に三本の歯を抜かれ、顔面がゆがみ口が変形した知人がいます。大病院で手厚い治療を受け何とか治まりつつあります。恐いこと限りなしです。また、友人は体のあらゆるところにメスを入れられました。脳出血、白内障、肺気腫、胃癌、膀胱癌、難聴などなど「あなたはもう手術する場所がない、死ぬまで生きるでしょう」と宣告されたとのこと。しかし彼はその体で良寛さんの研究に没頭、「愛」を世界に向けて発信し続けている。ウルマンの言葉通り、「人間は心がなえた時老人になる」のだ。彼を見ているとその若々しいエネルギーに圧倒される。人生は出会いだ。彼との出会いにも感謝して刺激を受けているババちゃんでした。

ほっとした夜は「ガウディのサグラダ・ファミリア」のＴＶ番組を見ました。若き日に訪れたスペイン、バルセロナの町、素晴らしい建築物が点在する町。奇抜なデザインにこめられた彼の願い、深い意味やテーマを考えさせられた。神、調和の世界、生きとし生けるもの達への命の讃歌。アントニ・ガウディ死後九十年、二〇二六年完成予定のサグラダ・ファミリア、一三〇年の歴史を経て今なお建築中。彫刻をとおして彼の深い精神、その神髄に触れた。大戦で資料は焼かれて残っていないという。ロザリオの輪、天使、武器を手にする青年の像、賄賂に戸惑う表情。地中海の眩しい光の差し込むこの大聖堂は一言では語り尽くせない。

モンセラートのごつごつした山々で幼少期を過ごしたという彼、その山は数億年前に海から隆起したものらしい。修道女の暮らしを思い出す。時間も空間もない無から大宇宙は生まれどこへ向かって行くのだろうか。四十六億年前の地球を思うと気が遠くなる。魚類誕生、両生類の活躍、恐竜の時代、そして哺乳類、鳥類誕生までの長い歴史。億万年という気が遠くなる時を経て今がある。人工知能やネット等急速な進歩の中で、生きにくさを感じるのは古い人間なのだろうか。セルロースナノファイバーなるものが開発されつつあるとのこと。鋼鉄の約十倍の強度とのこと。人間の欲は底なしです。かぐや姫の住む月にも行った。「大自然はすべての教師」であるはずが、どんどん不自然になって固まって行くように思われるババでした。

まるい　まるい　まんまるい

大宇宙はまるい大気圏に包まれて息づく
太陽はまんまるい炎のエネルギーの大玉
大宇宙の神に守られて
まるい地球はまわっているよ
まんまる友達沢山宇宙の仲間
皆仲良しまるくまわって暮らす
まるい中に　この世の全てが　存在する

月は　時にはオレンジ色の衣服をまとう
火・水・木・金・土星ちゃん
第九の星もあるそうな
この世はまるから出来ている

それなのになぜ人の心はとんがって
争いを起こすのか
人の心もまるくなれるはず
この世は丸からできているのだから
まん丸地球にこの身を委ね
大空見上げて深呼吸
何かいいこと待っている
そんな気がしてワクワクするのさ

水曜日、おババさんの見た夢は何でしょう。桃色カラスがやってきました。思い出のアルバムをひも解くと、幼き頃の子ども達の姿がちらつき、幸せだった日々、懐かしい思い出に涙が溢れ出ました。思い出はまるで走馬灯のように脳裏を駆けて行きました。

小鳥たち

飛んで行ってしまったのですね
私のかわいい小鳥たちよ
古巣には帰らないのですか　お前たちは
母ひとり　逞しく暮らしています
便りないのは元気な証拠
たまにはお父さんのことも思いだして下さい
あなた方の命を下さった方ですよ

ババは自分の幼き日々に想いを重ね両親への感謝の念で胸が熱くなりました。

6　可哀想な生き物たちの旅

木曜日、今日は「行け行け隊」のおじさんが樹木の伐採にやってきます。ババは年をとり、背高樹木の手入れが出来なくなりました。三十年も一緒に暮らしてきた樹木達、共に過ごした日々の思い出を刻んでいます。可哀想でしたが、家の前の畑が売られることになり樹木の剪定に迫られていました。大自然にあこがれて引っ越してきた家ですが、あっという間に家ばかり立つようになりました。玄関先には庭木の王様、もちもちの大樹がそびえています。大木を抱え込み、「切ってもいいですか」と聞いてみました。とても悲しんでいました。この家の守り神のようでした。結局わずかな剪定だけにしました。梅の木やびわの木はもう問答無用、目をつぶり根元から切りました。「綺麗な花をありがとう」とお礼をいい、お神酒をかけました。かりんの木は二階のベランダを超えていました。毎年ジャンボな黄色い実の贈り物を下さいました。この家には誰もいなくなり、かりん酒を飲む人もいません。緑の木陰をつくり小鳥を休ませてくれたかりんさん、ご苦労さまでした。

大きな木がなくなり寂しい庭ですが、日当たりが良くなり、みかんがたくさん実ることでしょう。ボタンや芍薬《しゃくやく》もとても元気です。クリスマスローズをたくさん植えました。目の覚めるような菜花が満開です。ブルーベリーの小さな白い花も間もなく咲くことでしょう。酸素を沢山吸ってババちゃんも元気が出てきました。大きな鉢のアマリリスの蕾を毎日覗きこんで成長を楽しみにしています。今年も立派な赤い花が見られそうです。根を張り、花を咲かせる植物の神秘にうたれます。

午後はＴＶ番組「被曝の森」を視聴しました。

あれから五年、浪江町山間部の森の生き物たちに降り注いだ放射線。無人の街、荒れ果てた家屋、生き物は人間の家の主になり暮らしていました。猪はことのほか繁殖して猪の街を作っていました。彼らは人間の姿に怯えることもなく、逆に人間は怯えていました。浪江のネズミ達やアライグマもみんなやってきて暮らし始めました。スーパーホットスポットで草の根を食べるイノシシの糞の分析も行われ調査が進んでいます。チェルノブイリの「赤い森」、二〇〇ミリシーベルト。赤松の木はチェルノブイリと同じく先端の幹が止まり横に枝を伸ばすようになりました。中でも世界で初めて被曝した野生の霊長類、ニホンザルの実態については課題とのこと。汚染された食べ物で内部被曝のある猿は、調査では全身癌に冒され亡くなっていました。ツバメは悲劇の王子さま、汚染された虫を食べ続け染色体異常発生。尾羽根の長さが違うツバメさん、自由に空を飛ぶことが出来ない。それは死を意味する。精子の調査も行われ、動かない異常精子も多いらしい（21・7％）。

一体誰のせい。人々は生き物たちの命を無残に奪っていいものだろうか。みんなみんな生きているんだ友達なんだ。人間に警告、悲劇を示している。除染廃棄物は山積みされ野にさらされている。人々がふるさとに帰れる日はやってくるのだろうか。山や森の甦る日、里山の再生を復興庁は成し遂げてくれるだろうか。海に垂れ流しの汚染水、安心して暮らせる日は遠い。終息まで四十年。さらに何億年も消えない物質もあるようです。五年経っても哀しいかな被災者の救済はまだまだである。言葉にならない重圧の中で生きねばならない被災者に愛の手は差し伸べられるのだろうか。彼らを支え希望の光を。国の責任で真っ先にやってほしいものだ。ババちゃんは詩を送り励ましの手助けをしている。東日本大震災復興応援アート展「復興の祈り」、コラッセふくしまで本日開催である。

３・11、あれから五年の歳月が過ぎ去りました。かけがえのない二万人もの命が奪われました。祈りの３・11。大津波の押し寄せた魔の時間に黙祷。日本中のあちこちで追悼行事が行われます。この街でも、五年目の絆、五百個のキャンドルをともし、被災者の追悼行事が行われました。

さわやかな若葉は
この地上に潤いを
春には白い可憐な花を
蜂には甘い蜜あげて
夏には緑の鈴風送り
秋には真赤な実りの恵み
甘くておいしいリンゴの恵み
役目を終えれば裸んぼー
それでも嘆く事もせず
新芽宿らせ春を待つ
人間は奪う事ばかり考える
君は与える事のみの人生ですね
君は偉いなー本当に

お雛様

瓦れきの中から救出されたあなた
綺麗に洗い清められ
今日は三月三日　雛段に並ぶ
しみもシワも気にしない
生きている証しだから
健やかな子どもの成長を願う
親の気持を伝え来る
頬笑みを忘れずに　今ここにいるあなた
震災の記憶を忘るる事なかれと伝え来る
優しい菜の花咲きました
桃のお花も咲きました
春の弥生のこのよき日
何より素敵なお雛様

木曜日、ババちゃんの見た夢、奇妙な赤いカラスが出没しました。殴りつけるような雨が降り続いています。人の話を聞かない頑固なおじさん、すぐに切れてしまい怒鳴り散らし、食ってかかります。まるで瞬間湯沸かし器のようでした。逃げるが勝ちでしたが、足がすくみ逃げられませんでした。冷や汗をかいてドキドキでした。嫌なことは笑い地蔵様におまいりして笑い飛ばすのが一番です。人間の本音はなかなか見えにくいので危険です。ババちゃんは蚤の心臓なのです。でもいちいち気にしていたら命がいくつあっても足りません。写経や座禅で悟りの世界が開けるものなのでしょうか。弱い自分を克服できるのは自分しかありません。

夜

今夜はなんだか眠れない
窓辺に月の光が差し込んでいる

三日月の横顔が美しい
鎌を振り上げた様にも見えた
切っ先が光っている
奇跡の時間の中で
星々は煌めきながら
ささやいている
生きている不思議
消えて行く不思議を

あなたに　聴きたい

目には目を
齢ごとに弱って行く目なのに
そんなに急いで目をつぶされたいのですか

この世は闇になりますよ

歯には歯を
やがて入れ歯になるあなた
そんなに急いで歯をなくしたいのですか
食べられなくなったら待っているのは死ですよ

あなたに聴きたい
なぜ隣国に泥靴で侵入する必要があるのですか　隣人を巻き添えにする
あなたにそんな権利があるのですか
困った時はお互い様　助け合うのが人間でしょう
強国のいうなりに右向け右でいいのですか
自爆行為だとは思いませんか
国民はみんな憲法を愛し平和を願い真っすぐ前を向いて歩いていますよ
政治に自己満足はなりませぬ　戦争への準備は誰のため

右のホッペを殴られたなら　左のホッペを差し出しましょうとは
申しません
ガンジーさんやキング牧師の声を聴いて下さい
戦争は人間を獣にします　憎しみは連鎖し破滅への道
人間は人間らしく生き　死んで往かねばなりません
そんなに殺し合いが面白いのですか
悪魔の歴史は繰り返さないと誓い合ったこの国ですよ
大臣に言いたい　民の声を聴く事が民主主義の基本ではないでしょうか

あなたに見て欲しい（エイプリルフールではありません）

他国を干渉する前に　自国の現状福島を見て下さい
放射能にＤＮＡを犯された大自然の悲劇が始まっています
何も知らずに咲いた奇形の楕円ひまわりを見ましたか

この世のものとは思えない奇怪な花々を見て下さい
菊は菊の花になれず　タンポポはタンタンポポポポになってしまいました
菜の花も　ダリアの花もバラの花さえもお化けのように咲き訴えています
哀しすぎて泣くこともできない花の声を聞いて下さい
茄子はグローブのように　トマトはぶどうのようになり
サツマイモは巨大に育ち　カブはカブになれずそれでも生きています
シジミチョウは羽が小さくて飛べず　目もありません
腹部が二つのアブラムシ　告発も復讐もできない奇形ゼミ
沢山の昆虫の嘆きの声が聞こえますか
鳥は空を飛べなくなり　いなくなりました
二本指の猫がうまれ　脚の先がない犬の気持がわかりますか
耳のないうさぎはどうすればいいのでしょうか
一体に頭部が二つの下半身のない驚愕の亀さん
スリーマイル島の頭が二つの牛の目を見るがいい
月に向かって吠えて見たとて太陽に祈り捧げたとて　やるせないこの惨事

神の領域にいたずらを仕掛けるのは誰　甲状せん癌だけじゃない
闇に葬られた奇形児の声なき声を聞くがいい
目以外の穴という穴がふさがったまま誕生したベラルーシの赤ちゃん
問題は隠しても消えません　事実は証言します
自然淘汰の一言では許されない
警告を無視すれば必ずこの身に降りかかって来ることをご存じでしょう
放射能は恐怖の大魔王です　ハルマゲドンの世界が見たいのですか
今こそ原発問題の大きさに気づかねば取り返しのつかないことになります
足元の問題を見ることなく死の商人にならないでください

7　「人間とは何なのか」の旅

金曜日、あっという間に週末がやってきました。夕陽が落ちる前におじさんから頂いたニジマスを配達します。待っていて下さるおなじみさんがいらっしゃるのです。幸せは皆で分かち合いたいものだと思うババちゃんでした。

　今晩は晩さん会の予定です。一人暮らしの人達が集まって、皆で食事会です。お料理の大得意のＳさんが頼みの綱です。その手際の良さはプロ級です。持ちより料理もありテーブルにはおかずがいっぱいです。きんぴらに漬物、煮物。お鍋に天婦羅なんでも手際よく作ってしまうお世話好きのＳさんです。餃子だいすきババちゃんは大満足。茶わん蒸しも戴きました。黒ニンニクもできました。老人会や歩こう会の仲間達でもあります。十人も集まるとワイワイガヤガヤ、色々な話が飛び出します。「乾杯、飲めや歌え」の懇親会、皆でお相撲のテレビ観賞、政治の話もしました。高浜原発の運転を差し止めた大津地裁の司法の力、住民の勝訴、一人の力は弱いけれど皆の力が合わされば政治は動かせるのです。うれしくて、泣いている人もいました。が、油断はできません。少年犯罪のむごさには、親として許せないものがあります。相手を思う気持ちが少しでもあったらと思うと、なぜだろうと分からなくなります。悪魔と天使が同居している人間、ＳＮＳやブログの書き込みには、おどろおどろしい内容もあり恐くて近寄れません。「死ね・ぶっ殺す・消す・つぶす」など口にしてはいけない言葉の洪水、相手の顔が見えないので言いたい放題です。人は互いの尊厳を守り、一定の距離を置いて関係を作るのではないのでしょうか。人間という文字は人の間と書くのです。この頃は「あいつが悪いんだ」などとブツブツいいながらウロウロしている若者をよく目にします。

畑で採れたばかりの野菜を戴き、アツアツのなべ料理、楽しいひと時おしゃべりはきりなしです。ババちゃんは先日見たオペラ映画「ポーギーとベス」を語り、「サマータイム」の子守唄の魅力を話しました。八十八歳のお頭さんの音頭取りで会がますます盛り上がり杯を酌み交わしました。なんと言っても健康問題は話題に上がります。山伏茸は痴呆の予防になるとの情報に一瞬、耳がダンボになった。保険のきかない整体治療は六千円もかかるとの話、それでも背に腹は代えられぬと通院、年金暮らしの高齢者には厳しい現実です。七十五歳をとうに超えた方々もまだまだ現役で働きながら頑張っています。戦争体験のあるTさんは、繰り返し当時の様子を話してくれます。「軍隊は運たい」が彼の定説です。〆は彼のさのさ節です。

祝米寿

月下美人の咲く晩に　月が出た出た　まん丸だ
飲めや歌えの米寿の祝い　磨けば光る骨董品
お前百までわしゃ九十九まで　喜び哀しみかみしめて
明日は御立ちになろうとも
ホロ酔い気分で手拍子　さよおけさ

♪梅干しよ　酒も飲まずに真赤な顔して　ヨイトサッサ
歳もとらずに　シワ寄せて本をただせばネー梅の花
鶯啼かせたこともある　ヨイトサッサ
♪白鷺よ鳥と見たのもこれ無理はない　ヨイトサッサ
一羽の鳥さえにわとりよ　葵の花さえネ
赤く咲く　白いという字をちよくりちょいと　墨で書くサノサ

自主独立の自由を満喫八十八歳　めでたしめでたしお陰さま
元気　やる気　根気の金星三つ　持つべきものはよき友か

ちょっとおしゃれし若返り　冗談話も最高潮
僕の人生これからよと　笑いのとまらぬ晩でした
感謝　感激　雨あられ

大活躍の高齢者パワー、百歳以上の人口が増えています。「アラハン（アラウンド・ハンドレット）」と言われ、若者からも支持されているとのこと。日野原重明先生はじめ、一〇三歳で話題の人になっておられる書家の「篠田桃紅さん」、女性報道キャメラマンの「笹本恒子さん・好奇心ガール」、健康長寿マイスター「昇地三郎さん」一〇五歳。

今、この国では大量の食品が捨てられています。自給率の低い我が国、TPP加入で農家はますますお手上げ。自給率の確保は大きな問題です。地球の裏側では飢えに苦しむ沢山の人々がいます。飽食のこの時代、たべものを捨てることは罪ではないのでしょうか。米粒一つ大切にしていたころを思い出します。こんなに捨てたら皆目がつぶれてしまうのではと心配です。白いイチゴさんが誕生し、欲望のままに遺伝子操作がなされ、より売れる商品が生まれている。遺伝子組み換えは将来に何をもたらすか、誰も考えていない。アメリカのタネ会社は世界を牛耳り、大もうけだ。種のできない野菜を食べている私達、腹六分目で治まらずタヌキのような腹になるまで食べ、病を呼び込む人間のあさましさ。無農薬有機農法にこだわり、命をかけておられる人も沢山います。今晩のお土産はニジマスの食べかすと残飯、カラスの明日のご飯です。

介護現場では、殺人も起きている。認知症の方が鉄道事故で賠償責任を問われた。幸い判決は良心的であった。親も子も大変なことです。ねたきりは御免、「ぴんころ」希望とはいえ、成り行き任せで、先のことは分かりません。自由に死ぬこともできない。神の与えたもうた寿命を全うするのだ。

非核都市宣言のこの街、平和憲法が無視されようとしている今、平和への祈りの声は高まり、若者たちも目覚め始めました。

「沖縄を返せ・アメリカはベトナムから出て行け」と叫び国会に向かった若い頃を思い出します。美しい沖縄は返還されても、基地の中に沖縄がある状態。住民は命がけで基地反対を叫んでいます。辺野古の貴重なサンゴも悲劇です。日米従属のこの国はがんじがらめ。沖縄の人々は心優しい文化を持ち国を愛しています。ハイビスカスの咲くこの国が戦場だった頃、哀しく無残な戦死を遂げた人々の御魂がさまよっています。壕《がま》に入ると当時の戦火をくぐりぬけ避難した人々の声なき声が聞こえてくるようでした。犠牲の上に築かれた平和理念を大切に守らねばなりません。

ババはいつもアンテナを張り、生活しています。人間とは何なのか、という永遠の謎を少しでも解いてみたいと好奇心を持っています。何が大切なのか立ち止り振り返りたいと思います。自由に自分らしくあるがまま生きるというテーマも難問です。ちびっこボランティアの計画もバッチリ。歳の差七十歳を超えて乳幼児の輝ける魂と触れ合える幸せに感謝です。

その晩久しぶりに都会で暮らすひとり娘からメールが入りました。二十年も勤務した会社を辞め、転職するとのことでした。結婚の話だったら万歳なのですが。十年も前から考えていたとのこと。保育士になることへの決断。自分で選んだ仕事、親のすることは保証人の印鑑を押すことだけでした。

娘へ

転職がどうした
驚く事はないのだ
大事なことは自分で決める
人に迷惑かけるわけじゃない
遅すぎることはない
未来を信じて　勇気と決断の時
人生は夢と希望に満ちている
ストレスで病になる前に
自分の心の思うままに
人生を選択するのだ
命さえあれば　何とかなるさ
私はいつでも　あなたを信じています

人生は乗り越えなければならない山々があるのだ。いい子であり続けようとしていたころの彼女の苦しみ、親の切なさを思い出す。

娘よ

私が私であるように
あなたはあなたで　あればいい
どうして　何故うちのあの子が　そんなバカな
某宗教団体に　入るなんて　信じられない

優等生だったあなた
自慢の娘の苦悩を知らずにいた　大馬鹿親でした
泣き崩れながら　娘は言った

「私は今まで親の喜ぶ顔が見たくて　それだけのことで勉強をしてきた」
「そんな子に育てた覚えはない」その言葉を急いで飲み込んだ
娘の心親知らず　愕然とし力が抜けて行きました
いい子を演じてきた我が子
知らないうちに　柔らかなあなたの心を虐待していたなんて
無意識の人権侵害　罪の重さに忍び泣いたあの日

競争社会のむごさに　傷だらけになっていたあなた　可哀想に
苦しかったら叫びなさい　大声を出していいのです
哀しかったら泣きなさい　涙の泉枯れるまで
悔しかったら　殴りなさい　悪かったのは私達

十八の春まで我慢の子だったとは　辛かったでしょうね
もう限界でしたね　宗教に救いを求めていったのですね
ごめんなさい　申し訳ありません　謝っても

いまさら　許してはくれないでしょうね
愛しています　あなたのことを　ほかの誰よりも

お願いです　今からでも遅くはない
脱皮して新しい自分を見つけるのです
結果を恐れず　自分を信じ愛し
完全を求めないでいいのです
自分を許すのです

弱さを知る者こそ　強い心の人間になれるのです
自分の人生は　自分でしか作れないのだから
人生は可能性に満ちています　歩き続けて下さい
北風の中でも　精一杯ベストを尽くし
夢に向かって　人生を楽しむのです

心の声を聞きながら
一瞬のいまを大切に
自分を大切に
人生は愛するに値するものだから
必ず未来は開けるはずです

この世に　美しい沢山のタネをまいて下さい
桜の花なら桜色　藤の花なら藤色に
バラの花なら香りもあるよ
可憐な　あなたの花が咲く日まで
いつまでも　待っています
私達はいつでもあなたの味方です

私達の所に　生まれて来てくれてありがとう
幾つになっても　あなたの幸せを祈っています

金曜日、ババちゃんの見た夢は青いカラスの夢でした。風もなく静かな夜、月が煌々と輝いていました。幸せ求めて自由に羽ばたく青いカラス。優しき人々と共に、暮らす日々を大切にせよと教えてくれました。野に花は咲き乱れ、まるで天国にいったような心地よい夢でした。若いままの夫の姿がまどろんでみえました。

8　マイ・スイート・メモリーの旅

今日は土曜日、いつの間にか沈丁花《じんちょうげ》が咲き誇り怪しい香りをふりまいています。教会の鐘がなりました。今日はお父さんの七回忌です。歳月人を待たず、早いものです。妹のサキちゃんがお参りにきました。抱えきれない程のお花を供えてくれました。亡き夫が元気だった頃、ババちゃんの母親の棺を担いでくれたこと等想いだすと、ただ胸がいっぱいになり涙が止まりませんでした。気がつくとあの懐かしい歌を口ずさんでいました。

♪ マイ　スイート　メモリー

アカシアの花揺れる　古いこの道で
あなたとささやいた　夕べ忘れない
哀しみの時こそ　にこやかに語りましょ
何も言えなくなった　君こそ愛おし

花咲き鳥なく　古いこの庭で
風吹き過ぎゆき　雲流れゆく
苦しみの時こそ　爽やかに歌いましょ
帰らぬ日々の　思いでわすれない

歌い始めると、せきを切ったように次つぎと思い出が天から降ってくるようでした。最後の晩、あなたの冷たくなった遺体に寄り添いながら一夜を過ごしたあの夜の冷たさが甦りました。

あなた

私の心はあたたかい
いつだって
あなたが近くにいるから
あなたを
抱きしめて生きているわたし
愛おしい
あなたの笑う三月二十七日

夕焼け空が燃えている
あの山の彼方から

あの人がやって来るような気がして
心が熱くなった
瞬く間に陽は落ち闇が迫ってきた

あなたはいない

夜空に星が　またたけば
ふと聞こえ来る　君の靴音
ありし日の　君のささやき
夜のしじまに　聞こえ来る

月は隠れて夜は暗い
君の胸に　想いをのせて
命の炎もやした　若き日
命輝いた日々　去りぬ

君は私の　人生そのもの
今も君と　共にある
あの日のままの　君がいる
笑顔の優しい　君がいる

愛の日々は　星空へ
流れゆき瞬き
彼方に　消えて行く
感謝という　文字を残して
明日への　希望となりて

あの日あの頃

お母さんと呼ばれなくなって久しい
「お母さん」って言ってくれたあの夫はもういない
お母さんって言われると　あなたのお母さんじゃないヨ
と　突っ張っていた私
私はお母さんだったんだ
ああ　なんて優しい響き「お母さん」
懐かしさで目がしらが熱くなり　顔中から涙がふきだした
もう一度「お母さん」って言われてみたい
そしたら　私は嬉しくなって　舞い上がってしまうでしょうに

慈愛の花よ　キンセン花
目に滲み入るばかりの　オレンジ花よ
幸せの涙は　あたたかい
不幸せの涙は　つめたい
骨になったあの人は

涙かくして
あたたかな土に眠る
墓前に立てば
聞こえる　愛のバラード
風そよぎ　キンセン花燃え盛る

あなたの好物の甘栗お供えします
戴くのは私
あの日あの頃　懐かしい
思いだすあなたの笑顔
私も　人生のしまい方考える

人生の最後のその日に想いを寄せて
今日の今を生きています

最後の晩餐　何が食べたいですか
今日が最後のその日
あなたなら何をしますか

誰と最後まで一緒にいたいですか
しみじみと心通わすその人は
天国のあなたでしょうね

想い

好き　嫌い　大嫌い　恋占い
手を伸ばせば　君はそこにいる
愛という柔らかいものに包まれて

風が励ましの言葉を運ぶ

大好きだった頃の
太陽のようなあたたかい思い出
いまでも希望や勇気を降り注ぎ
いつも背中を押してくれるあなた
遠い日の思い出はかげろうのよう

土曜日はぐっすり眠り、爽やかな日曜日を迎えました。

大自然は神様だ

この世で素晴しいものはただ一つ
大自然の循環　営みのなかにある

動物も植物も全ての生きとし生けるものは掟を守り暮らしているのだ
恋をし　出会い　新たなる命はぐくみ　懸命に生きる
シャケは旅をつづけ産卵がすめば役目は終わり
食べられて熊の身体に宿り命を再生させる
全ては神の心の赴くままに生きて死ぬ
賄賂をもらう虫はいない　弁解し、開き直る奴もいない
仲間を意味なく殺すこともない　バス事故も起こさない
命を預かる血液製剤を不正に作ることもない
賞味期限切れの商品を悪用する事もない
まして振り込め詐欺などないのだ
人間はスマホ中毒になり　恋愛も結婚もしない
「全ての個は種の保存のために生きている」
という脳科学者や哲学者の意志に逆行
犯人は誰　進化した文明の悪魔か
偉大なる大自然の営みに耳を傾けよう

多様な生物の営みに学ぼう
答えの全てはその中にある
自然の声を聴く耳をもとう
自然の営みを見つめよう
きっとなんでも教えてくれるはずだから
だって大自然は神様だもの
神様は人間の心に宿り一体となる
人も大自然の一部であることに
いつか必ず気づくことだろう　あなたのように

9　迷いつつ行く旅

咲く花を　眺めて我は　旅の人　迷いつつ行く　明日を夢見て

ババちゃんの旅はまだ続きます。人々と手を繋ぎ友好を深めることで、平和への礎《いしずえ》が築かれると信じてやみません。世界中の人々と繋がり、交流の中で友情を温めて行きたいと思いました。平和な世界を夢見てはじめの一歩、昔旅したポーランド（ショパンの国・アウシュビッツの悲劇）へも、再度行きたいと考えています。

今日も一日元気で過ごせました。夕焼け空が赤く映えています。彼方には富士の山が黒く沈みかけています。「憧れ」というタイトルのオカリナ奏者・宗次郎のCDを聴きながら、とても満たされていました。音楽は生きている喜びや哀しみを心の深部まで響かせてくれるこの世の光だ。思わず涙があふれ出るのでした。そして心も体も宇宙の大自然に溶けて行くような不思議な気持ちになりました。「人生って素敵だね、生きているって嬉しいなー」と思いながら、郵便ポストのお手紙を受け取りました。

カラスもねぐらに急いで帰る頃です。五月の風が髪なびかせて、通り過ぎて行きます。ババちゃんは「自らを由とし　凛として生きること」の素晴らしさに、感動を覚えるのでした。

口笛吹き

原っぱにシロツメクサのお花が咲いた
犬は喜びかけまわる
タンポポの　綿毛は青空へお散歩だ
のんびり　ゆったり　大らかに
五月の雲が　流れます

口笛吹きが今日もきた
影をしたいてフューフィユーと
幻のどなた様を
想い描いておられるのでしょう
私も切なくなりました

かっこう鳥さん歌っています

こんもり茂った森の中
そよ風サヤサヤお話だ
わたしはラ・クンパルシータ
オカリナ吹いて　ピッピッピピ

夕焼け小焼けで日が暮れて
迷い人のおしらせだ
耳をすませば聞こえるよ
ラ・クンパルシータあの口笛が
人生の落日　悲哀をこめて

感謝の歌

陽はまた昇りて　木もれび煌めき

小鳥のさえずりよ　ひまわりめぐりて
めざめよいざ　ああ我等
風は　ほほをなでて行くよ
人々の優しさや　哀しみ喜びのせ　かけ行く
この命の輝きよ

陽はまた沈みて　月は昇り行く
星はまたたきて　虫たちは歌うたう
幸あふれ　今宵ふけぬ
ものみな眠り憩う
静かに夜は更けゆき　安らぎの今宵　とじぬ
今日の日に　有り難う

季節は巡り　人生は過ぎ行くよ
一瞬の　この刻よ

大地の恵み　豊かなれ
みなぎる力あふれ　かけ抜ける
新しい　朝が来る

ワシモさんの今昔

あるところに、大変おっちょこちょいのばあちゃんがおりました。名前はワシモさん。人の話を聞くと好奇心がわき、

「わしもわしも」

といって、すたすたと出かけてしまうばあちゃんでした。それで本名はいつの間にか忘れられ、通称ワシモさんになっていました。トン珍カン珍ばばばーちゃん、老春真っ只中。家に居られない症候群かもしれません。

ある日ワシモさんはどうしても藤の花が見たくなりました。うちの藤の花は何年経っても咲く気配はありません。隣の白い藤は手入れもしないのに毎年ふさふさと立派な花を咲かせています。愛情不足なのかもしれません。

テレビに亀戸天神の藤棚の映像がアップされました。見頃です。ネットで確認するとイベントも行われているとの事。思えば五十年前に業平橋の会社で働いていました。懐かしさのあまり、気持ちが高ぶりました。来年は見られるか分からないのだからと思い、ワシ

モさんは、目が覚めると、早速出かける事にしました。朝から爽やかなお天気で絶好の日和です。どうせ行くなら浅草も、スカイツリーもと欲が出てきました。

行きはのんびりバスの旅です。池袋始発から乗り込みシルバーシートに座りました。しかし次つぎに自分より明らかに、高齢者の方々が乗り込んできます。寝た振りもできません。バスは大分揺れて、赤ちゃんづれの方はとても大変そうでした。ワシモさんは気が変わり、途中でバスを降りました。やっぱり電車にしようと思ったのです。ところが大変、頭の中は亀戸ならぬ亀有になっていました。西日暮里に行ってしまいました。昔親友が亀有に住んでいて、お邪魔したことを思い出しました。五十年前のあの家はあるのかないのか、心が揺れ、思わず行ってみたくなりました。

「違うよー」

と別の自分の声がしました。

「そうだ秋葉原だよ」

思い返して、修正しました。「浅草橋、浅草橋」という駅のアナウンスを聞くと飛び降りてしまいました。会社に通勤していたころを思い出したのです。ベンチに腰をかけしばらく行き交う人を眺めていました。なんと国際化したことか、外国人多さに目が白黒。それに巨人の様な若者もいます。パンをかじりながら行く青年もいます。ずっこけズボンのお兄ちゃんのベルトを締めたくなりました。見たくもないのにあさ黒い下半身が見えています。ファッションとはいえ穴だらけのジーパンも気になります。むすめはお尻の割れ目があらわになりそうな装い。

その昔若かったころ通勤ラッシュ時に痴漢にあったことを思い出しました。胸をモミモミされて田舎娘はドキドキ、身動きできず、恥ずかしさで声も出せず、おもわずその手にガブリついてしまったのです。身体の割にデカパイだったのでしょう。いまではそのパイも引力に引かれるままです。両国駅に着くと、亡き連れと相撲見物に来た日々など昨日のことのように、想い出し、侘しくなりました。

亀戸天神は参拝者の行列。人それぞれ何をお願いしておられるのやら……。ワシモさんは元気で過ごせるよう祈りました。藤祭りは大盛況。ワシモさんはその昔四〇〇歳のフジの花をめでたことを、懐かしく想い出しました。人間の何倍も生きてこの世の花を咲かせられるなんて藤はすごい生命力です。甘い香りと和らかな日差しに酔いながらの散策。夜間のライトアップは見ものらしい。池には大きなカメさんが子亀をのせて甲羅干し、亀戸だから亀が多いのかなー。出店も賑わいを見せていました。鮎の香ばしい臭い、おなじみのたこやきに、焼きそば。ベンチに腰を下ろすと高齢のおばちゃんがやたらと話しかけてきました。昔はこの辺りは田んぼと畑ばっかりだったそうです。その頃は土地も安くて、今が嘘の様だとの事。ビルに囲まれた天神さん、社の彼方にはスカイツリーがりりしくそびえています。亀戸天神は谷間のオアシス、梅の季節には道真公にあやかり学業成就の願掛で大賑わいのことでしょう。ワシモさんも会社を辞めずに働いていたら、今頃この界隈に住んでいたかもしれない等と感慨にふけりながら藤の花を眺め歩きました。人は意外と運や縁に左右されるのかもしれません。出会いもしかり、不思議なことです。

猿回しの太郎次郎一座が、芸当を披露し、賑わっています。人間さま顔負けのジャンプや竹馬乗りに歓声をあげていました。五月の連休明けまで様々なイベントが企画されているようです。近くの鼈甲《べっこう》屋さんには行ってみました。装飾品は似合わないのでやめました。新茶の試飲に舌鼓、好物のお茶を土産に購入しました。幸運小づちのお守りにはまりました。無病息災の縁起物、幸運の小づちに、米粒ほどの六つのお宝をその場でいれて売っています。だるまはころんでもかならず起き上がる、ヒョウタンは健康、さいころは目（芽）が出る、カエルは無事帰る・お金が帰る、米俵に立つ大黒様は喰う事に困らない、恵比寿様は商売繁盛とやら。良く考えたものだと合点。それにしても藤の花は優美で品があります。熟年女性のしなやかさです。おみくじは二十番、大吉と出ました。

「いそしみし　しるしはみえて豊かにも　黄金なみよる小山田の里」

することなす事幸いの種となって、心配ごとなく嬉しい運、わき目もふらずに自分の仕事大事と励みなさい。我がままの気を起して酒や色に溺れるべからず。

「あたってるよー　ウソ　ホント」

嘘か真か嬉しい限りです。

さてさて浅草界隈までは近そうで、方向音痴のワシモさんには手ごわい道のりです。都営や銀座線の地下鉄が蜘蛛の巣のように走っています。首をかしげながら道行く方に、いちいち聞きながらの迷い歩き、せっかちなワシモさんは勘違いばかりです。道中名物のせんべいを買い求める、さまよい歩きながら五十年の歳月を愛おしく振りかえりました。新人研修を受けて間もなくの人間、ろくに働きもせず、退職なんて誰が考えてもおかしい。親にだって言えない。今思えば凄い冒険でした。入社一ヶ月で辞める決意をしました。夜学に通う目的で就職しましたが、甘い甘い考えは崩れ去りました。出直しです。会社には迷惑千万な人間でした。やめさせてくれなかったので、夜逃げ同然です。仲間が応援して寮から荷物を運び出し、タクシーを呼びとめ新しい就職先、巣鴨へ向かいました。あの時のタクシーの運転手さんはもう生きてはいないでしょう。そして同僚達は其々《それぞれ》どんな人生を歩いてきたのでしょうか、無謀な田舎娘のトライ、人生は百八十度回転しました。それでも生きて来られました。恐いもの知らず、我ながらめちゃくちゃな行動に呆れてしまいます。若いってそういう事かな、とも思いました。心の決めたままに生きられないのが現実ですが、実行する勇気も時には必要なのかもしれないと、振りかえるワシモさんでした。裸一貫から築きあげた我が人生に乾杯。

帰ったらお隣りさんから赤飯と竹の子の差し入れを戴きました。友人から抱えきれない程のアザレアの花束も届きました。目の覚めるような鮮やかなピンクの花に心が和みました。ワシモさんの一日は一万八千歩で日が暮れました。今夜は足のマッサージです。一万人近い認知の方が、行方不明になっているとの事、迷子にもならず、我が家へ帰れて仕合せと思わねばなりません。ブラームスのハンガリー舞曲第一番をききながら今日の良き日を胸に納めました。

三章　「花と音楽の旅」

カーネギーで歌う ――米国ワシントン桜百年記念コンサート

ワシントン桜祭り

日本から送られたワシントン・ポトマック河畔の桜、数千本の桜は苦難の歴史を乗り越え、今年、百年目を迎えた。五色桜の苗は足立の荒川堤から送られたとのこと。桜が結んだ日米の絆を深めようと、大西先生の提案でさくら合唱団が結成された。熱い思いをアメリカに届けようと、カーネギーでの演奏が決定した。「五色桜物語」（大西進作曲）のメロディーは情緒豊かで、心にしみ通る素敵な作品だ。しかし百五十人という大所帯、意見の違いもあり紆余曲折もあった。技術のみでなくハートも必要な合唱。英訳のパンフも団員が作った。そして一年間の練習を積みいよいよアメリカへ立つ時が来た。

出発の前日に発熱、インフルエンザの検査結果はマイナス、薬を飲み出発。デトロイトまで飛び、乗り換えてワシントンに到着。初日はワシントンの桜祭りに参加した。

タイダル池のほとりには数千本もの桜がある。広大なポトマック河畔の桜は終わり柔らかな緑が目にしみる。野生の可愛いリスが行き交い愛嬌を振りまく。緑の芝生はジュータンのように果てしなく広がる。青い空にメモリアルタワーが高くそびえたち美しい。アメリカの独立記念のこのタワー、世界の石で造られているとのこと。由緒ある百年桜の木肌の温もりに触れる。フルートやオカリナの音色に合わせ歌声が河畔に響く。いざ桜祭り野外会場へ。五月晴れのワシントン、ピエロさんやミッキー、ミニー達があでやかに着飾り祭りを盛り上げていた。本場の香り高いパフォーマンスに思わず歓声を上げる。

あでやかな着物姿の日本人に行き交う人々は足を止め待っている。先生の指揮でコーラスが始まる。フルートの優しい音色、そして江波太郎さんのオカリナの響き。うっとりしながら五色桜を歌う。河畔に優しいメロディーが流れた。温かいまなざしと拍手で日本の歌声を聞いてくれた。

世界の経済文化の中心地ワシントン、とても落ち着きのある美しい首都。リンカーン記念館に行く。観光客で賑わっているがゴミ一つ落ちていない。ホワイトハウスの雄大な建物に目を見張る。十一月には大統領選挙が行われるとのこと。オバマか共和党のロムニーか、世界中の熱い視線が注がれている。国会議事堂は風格と威厳があった。

ニューヨーク、ニューヨーク、ニューヨーク

マンハッタン、世界一の大都市。五番街、タイムズスクエア、エンパイアーステートビル（三八一メートル）、ロックフェラー展望台、美術館。目を見張る街並み、若者の夢と希望を紡ぐ街、ミュージカルの本場。三十度、夏を思わせる気温、さっそうと行き交う人々のファッションがまぶしい。

九・一一から十年、世界貿易センタービルは生まれ変わり、再生建築中。グランドゼロ、テロの犠牲になった人々の魂を水に託し弔っている。びっしりと立ち並ぶ高層ビル、あの時の衝撃的な映像が甦る。自由の女神は右手に独立宣言書を持ち左手には灯を掲げ頭には七つの海のシンボル冠、世界を見つめている。エンパイアーの夜景はことのほか煌びやかだった。西に東に豊かな水をたたえミシシッピーが流れる。多民族国家、ジャンボな大陸、人間も心広く大らか。食べ物はジャンボで、体形はさらにナイスバディ。ガリバー旅行記の小人になった気分。オオ、ガールと冷やかされそうだ。とても開放的で、私たちを歓迎してくれた街の人々、何といっても表情が良い。日本語で「こんにちは、ありがと、頑張って、よいしょ」等声をかけてくれる。ユーモアのあるアメリカ人に私たちも出来る限

りの英語を使い、買い物を楽しむ。笑顔とサンキューがあれば事足りる。押してもだめなら引いてみな式で体当たり。

富裕層の一パーセントが実権を握るアメリカ、格差社会は深刻化しているようだ。貧困層の十五パーセントには厳しい現実、今、中間層の人間も立ち上がりこぶしを振り上げている。軍事大国で世界を握りしめ、日本を言うなりに操り、利用して、嫌な感じの思いも私の中にはある。が、人々の優しさに包まれての旅、陽気で今を最高に楽しんでいるアメリカ人の暮らしを肌で感じた。アイ・ラヴ・ニューヨーク。セントラルパークの美しさにほれぼれしたが、馬車に乗る時間がなく残念であった。

カーネギー演奏会、女神の微笑み

一八九一年チャイコフスキーが指揮をしたという歴史ある音楽の殿堂、数々のスターのあこがれの舞台、一千万払っても借りる資格がないと利用できないという最初で最後のカーネギー。映像で見たそのものが今ここにある。辻井伸行君の立ったホール。見上げれば高い天井の煌めきが眩しい。

サイは投げられた。ボタン色の衣装に身を包みスタンバイ。八時開演、一人一人が主役、精一杯歌う。先生の指揮も緊張。「♪太平洋を越えて虹の架け橋　五色の桜アーアーアー」。歌いながら思わずこみ上げる物があった。二〇〇〇人近い観客。地元の男声合唱団の柔らかいハーモニー、そして微笑み胸を打つ。高齢のアメリカ男性の柔和な表情に感動した。鳴りやまない拍手、握手をしたら感極まり涙がこぼれた。

二部の交流も和やかで拍手が響いた。踊りに太鼓・楽器演奏、参加したすべての人が精一杯やった。ブラボーの掛け声と共にスタンディングオベーション、どよめきの中ぞくぞくした幸せがやってきた。合唱団・足立コールフェニーチェ（水色のドレス）の磨き抜かれた声に助けられ舞台が終わった。努力した者のみに舞台の女神は微笑むそうだ。退出すると観客が列をなし私たちを迎えてくれた。握手すると胸が熱くなった。多様な人種の個性的な人びとが心を通わし今日の舞台の幕が下りた。感慨深い思い出と共にホテルに向かう。深夜の到着だったが、さわやかで疲れは感じなかった。

ナイアガラ観光・たんこぶ土産

ラガーディア空港からバッファローへフライト。入国審査が厳しく着物姿の踊りの先生は帯を解かれ脱がされた。ピアニストは麻薬の検査でさわられる羽目になった。バイキングはもう食欲もでないが、アメリカより丁寧だった。カナダは大自然の中にあり気持ちがゆったりする。農業国で資源を大切にする国。日本人ガイドさんは目が不自由そうだったが、すでに永住権を取っているとのこと。花々はあでやかに咲き誇り美しい。見たこともない野鳥のさえずりに耳を傾ける。ロッキー山脈の雪解け水と五大湖の豊かな水の国。ナイアガラ断層は九十九キロにも及び、一六〇〇万トンもの大量の水をたたえているらしい。アメリカ滝は幅約二五〇メートルでカナダ滝は約六七〇メートルと驚異的。地球の歴史の神秘に感動。いざ霧の乙女号に乗船出発。滝の近くはマイナスイオンで雨のようなしぶき、揺られながら満喫。上流には百年前に座礁した船の姿が見られた。太陽の光りを受け虹の橋が出来る。吸い込まれそうな凄さの滝の勢いだ。

日本人の経営する店もありメープルを買う。夕刻イイ気分で帰路につく。一寸先は闇、トラブル発生。中国人の運転するバス、芋を洗うような乱暴運転。ホテル手前で追突事故、大事には至らなかったが、恐怖。めがねが折れたりコンタクトが飛んだりした。前歯を打った人もいる。私はうつらうつらしており何事が起きたか解らなかった。瞬間おでこをパイプにゴチンしていた。ひりひり。とんだ災難。別のバスに乗り移り帰る。冷やして何とかおさまった。

ちなみにバスの前二列は保険がきかないとのこと。知らなかったでは済まされない。偉いこっちゃ！　悲劇のヒロインにはなりたくない。バスにシートベルトはないのが常識の自動車大国アメリカ。

帰国の途に

ケネディ空港より、四百数十人を乗せ十四時間のフライト。アラスカの氷河に感動。太古の歴史を秘め今解けて河となり海に注ぐ果てしない氷の海、その姿はなぜか神々しくさえあった。

友と青春を語り涙する時間も楽しかった。異文化に触れ、自国の生活を振り返る。トイレのウォシュレットはただの一つもないアメリカ。ペーパーまでビッグ。丁寧な日本の食が恋しい。携帯の落とし物、靴やお土産の忘れ物、トランクの取り違え等はあったが命の次に大切なパスポートはどなた様もしっかり管理出来た。出逢った人々の温もりを胸に良い思い出がまた一つ増えた。過去に旅した海外、スペインやイタリアそしてポーランド、韓国等懐かしく想い出した。

家では黒ネコが寂しさに耐えられず泣いていたらしい。季節は巡りウコン桜が満開、リンゴの花が咲き街路樹のハナミズキも色付き、そよ風に揺れていた。明治時代、さくらのお返しにアメリカから戴いたハナミズキ、花言葉は（公平にする）とのこと。花が結ぶ和平。

（二〇一二年四月）

心と文化をつなぐ台湾オカリナ交流会

謝謝《シェイシェイ》（有り難う）しか話せないのに、オカリナ交流会で台湾に行くことになった。四時間のフライト、松山空港まではあっという間、キティちゃんづくしの機内。十二月だというのにやはり、とても温かく上着は要らない。台北は大都市、若いエネルギーに湧き立つ街。あふれる人々の間を縫ってバイクがひた走る。ファミリーをのせて飛ばしてゆく人もいる。三つ星ホテルに三泊。地下鉄は割安である。何しろ地下鉄内は飲食禁止。もちろん自動販売機もない。日本のだらしなさが恥に思えた。新幹線も敬老割引、電車に乗る度に席を譲られた。若者たちも年配者もとても友好的で日本人に優しい。タクシーも格安だ。エスカレーターは右ラインに並ぶ。英語圏と違い漢字は意味がわかり親しみやすいが、迷子にならぬよう緊張、ひたすら旅の同行者の亀パパさんについて歩く。

夜市の露店は物と人でごった返していた。豊富な果物や野菜、海産物など山積みである。臭いもまた独特。食文化の歴史は古く伝統を感じた。マンゴーやパインのおいしさは格別である。ビールと舌鼓の日々、後が怖い……。トイレは下水管のつまりの恐れがあり紙を流せない。習慣でついポイしてしまう事もあった。何しろパワーのある台湾を肌で感じた。冬でも南国の花が咲き乱れ、木々も活気がある。ユニクロやコンビニなど日本の企業があちこちに参入している。テレビでは偉大なる戦士ネルソン・マンデラ氏の追悼の様子が放映されていた。一方日本ではきな臭い特定機密保護法案が、あれよあれよという間に可決されてしまった。

二日目、陶器の町、鶯歌にオカリナを買いに行く。おもちゃに近いオカリナのオンパレード、発想豊かな商品の数々に、目を皿にして買いまくる亀パパツアー。店主はえびす顔。私はオカリナの虜になり数個買ってしまう。トトロや猫などもみれば手にしたくなる。遊び心たっぷりの笛、どなた様もためし吹きに余念がない。大満足のお買い物となった。

夜はルバート芸術団の演奏会。お馴染みの先生方は、抱き合って再会を喜んでいた。お菓子を交換する風習があるようだ。さすがハイレベルの演奏、「アヴェ・マリア」、「ファランドール」、「アイーダ」などなじみの曲もあり、楽しめた。音色に癒され、疲れも出て夢うつつ、居眠りをこらえて聴く。若い世代の演奏家の皆さんの活躍がまぶしい。「天才は一日にして天才にあらず」。

翌日、台中での交流会は度肝を抜かれた。広々とした国立の会場。高級なお茶とお菓子で接待を受ける。粋な舞台で次つぎに演奏が繰り広げられた。きびきびした児童の演奏に誰もが圧倒された。大人にはまねができない。真剣で真っすぐな音色は青い空に突き抜けるようなすがすがしい響きであった。中でも、「戦馬出征」という勇ましい曲は圧巻、闘いの様子が手に取るように表現されていた。凛とした美しい少女は男装して舞いながら演奏した。ＣＤにのせ無駄のない高い技術を駆使した素晴らしい演奏、私は息をのんだ。心と体そして音楽が溶け合い芸術となった。未来の星である。「夏の思い出」や「チャイナタウン」、「東京ブギウギ」等日本の曲も演奏して下さった。篠笛・バンブーの響きは民族の血や歴史が感ぜられた。

日本からは各先生方が順次、演奏を行う。着物ドレスの似合う河崎敦子先生、石渡晃子先生、小山京子先生はピンクのお姫様。イエローの似合う折井ユミコ先生。私は台湾の歌を全く知らないので、残念に思った。機会を見て学びたいと思う。最後は亀パパツアー皆で「また君に恋している」を演奏した。そして合同で台湾の歌の大合奏。

終了後はなんとお食事の御接待、そして団長さんから一人ひとりに感謝状が届けられた。想定外の品を戴きビックリするばかりであった。お宝になるかもしれない。最終日は解放の父、孫文の記念館を見学した。

歌は国を超えて、人の心を繋ぐ。文化創造の基地となるのだ。たかがオカリナされどオカリナ。まだまだこれから磨きをかけてオカリナと向き合って行きたいものだ。お陰さまで素晴らしい体験が出来た。亀パパ・ママさんはじめ諸先生方に乾杯。人との出会いは人生を切り開くカギでもある。何しろ「小山京チャン先生」の温かくて、楽天的なお人柄にぞっこんの旅であった。一度の出会いでこの旅行に誘われ、同行する事になった幸運に感謝。シェイシェイ（有り難う）。帰りの機内で美人のスチュワーデスさんが、「可愛い」という言葉を連発された。普段言われた事がないので誰のことかと思ったら、私達ばあちゃんのことだった。思わず、顔を見合わせて笑い転げてしまった。

老後の人生は、教育と教養との事。「今日行く所がある」、「今日用事がある」、毎日が多忙なことは有り難いことでもある。元気で年を重ねたいものだ。

（二〇一三年十二月）

「出会いは人生の宝」、独逸《ドイツ》芸術の音色展

戦後七十年、「あなたの詩作品をドイツ芸術交流にご招待」、突然のお知らせ。「詐欺だー。御用心」何度もお断りした。ネットで調べて行くうちに、女は度胸と思うようになった。友人に相談すると「あなたってそれほど馬鹿じゃないよね、もし行くんなら絶交よ」と念をおされた。ドイツでご活躍だった音楽家に太鼓判を押されその気になった。「チャンスをつかめ」と別の私が言った。「騙されてみよう、お金は使ってこそ意味がある。冥途の土産をもう一つ」迷いつつ決めた。日独協会主催という事でまずは信用し決断した。タイトルは「芸術の音色」、場所はベルリン、かの有名なシャルロッテンブルグ宮殿迎賓館だ。そしてこの目でドイツを見ることになった。一行は十七名の団体ツアー、スタッフ五名。添乗員と日独協会のシュミットさんに案内されて、旅が始まった。シベリヤ上空はマイナス五十度以上だ。好天だが寒い、冷えた。

ウイーン到着。うきうきするようなウインナーワルツが空港に流れている。ベルリン行

きをまつその席で、金髪のかわいい女学生が数名で歌い始める。民族的な哀愁を帯びたハーモニーがジーンと心に滲みた。音楽が身近なところに溢れていた。タイトルをうかがうまもなく飛行機に搭乗。

ベルリンの街は難民のニュース等全く感ぜられず、大変落ち着きのある趣であった。合理的なこの国の特色は、きりりと歩く人々からも感ぜられた。大分寒いと聞いていたが、暑くもなく寒くもなし、過ごしやすい。シュミットさんは東西ドイツ統一前、東に住んでおられたとのこと。愛する祖母とは西と東に引き裂かれ心の傷は計り知れない。優秀な彼女であるが西のベルリン大学は受験資格さえなかった。屈辱、しかしその辛さをバネに、見たことも聞いたこともない日本語を学ぶことになった。もちろん英語もペラペラである。器量よしでスタイル満点の彼女は、日本人よりも日本に詳しい。五日間のあいだにドイツのあらゆることを私達に伝えたいとの思いが強く、それは熱心にガイドをされた。余裕でユーモアたっぷりの彼女に厚い信頼を寄せた。ドイツ民族の歴史を直接聞く事が出来た。多種民族の暮らす国ドイツ。

ポツダム観光ではサンスーシー宮殿、ツェツィーリエンホーフ宮殿などを回る。第二次世界大戦の首脳達が会談を行った様子が写真で見られた。ポツダム宣言を協議した広間もじかに見ることが出来た。当時の戦争を終わらせるための重要な会談が行われたかと思うと、遠い昔の事には思えなかった。ブランデンブルグ門で記念撮影。色々な国の観光客もきていた。

ベルリンのシンボル、シャルロッテンブルグ宮殿は格調高いプロイセン王国の宮殿。一六九九年フリードリッヒ一世が妃シャルロッテの為に作らせた夏宮殿との事。建築物はバロック・ロココの古い伝統が息づき特に広大な庭園は見事なものである。空襲で大被害を受けたらしい。世界遺産に登録されているとの事。

「芸術の音色」の看板を前に記念写真パチリ。一日目すでに数百人のお客さまが来られていた。俳句や小説、現代詩そして水彩・油絵・墨絵や書、工芸品等幅広い分野で展示されていた。参加者の名前と作品を確認しながら拝見する。個性的な作品ばかりである。中でも伊藤さんのデザイン文字は実演コーナーが常設され、体験者で賑わう。この道一筋ご夫妻のたゆまぬ歩みが見られた。亡くなられた奥さまの墨絵を展示された方もいた。世界一周したり、自分の世界を楽しむ墨絵の下田さんからはユニークな名刺を戴く。猫の保護に余念のない岡山の吉田さん、展示も猫、編み物の特許のあるニット工房を持っておられるとのこと。ビーズ一筋の岩倉さんと気が合いご一緒している。親子連れの水彩の斉田さんも優しい方だ。私は同室のまだお若い昼間さんと同席する事が多かった。話をしたらなんとコールサック社を知っていた。詩のサークルにも参加しておられるらしい。俳句や文学の分野でも良い交流が出来たようだ。

詩や小説、俳句にはドイツ語の訳がつけられていた。作品の前で立ち止りじっくりと見入る人々の優しいまなざしを見た。戦後ドイツと日本は共に別の歩き方をしているようでもあるが、人間の芸術を愛する心は一つだと感じた。ダンケシェーン。

二日目、セレモニー、正装をしての参加。長岡の吉岡さんの愛語をテーマにした良寛さんの作品の朗読が会場に流れる。ドイツ語通訳は日本人、美しく流調なのは二世だからであろうか。吉岡さんは高齢で身体に沢山のリスクを抱えながらも世界に愛を伝えたいとの思いでやさしさに溢れていた。教育畑で音楽を指導とのこと。若い日本大使館の方のご挨拶、あとでわかったが文を暗記したとのこと。落ち着いておりそのようには見えなかった。日独協会代表のシュミットさんはきりりと理知的にご挨拶されていた。プロの歌手、花の歌の二重唱そしてテノールの素晴らしい声でオペラの歌曲が披露された。私達も紹介された。酒田から参加の佐藤さんが日舞を披露してくれた。あでやかな着物姿は大歓迎であった。交流会は熱気を帯び大変な賑わいであった。作品の前でお客さんと写真撮影。日本で十年暮らしていたというご婦人は、私の詩を褒めてくれた。日本語でもわかりますとのこと。ワインなど片手に寿司やカナッペを摘まみながら和やかな時間が流れた。カメラマンも大忙しである。クリエイト・I・M・S（イベント企画会社）のスタッフの方々は対応に追われながらも笑顔を絶やさず声をかけてくれた。

夜はお店で交流会。ドイツの詩人や画家さん達が日本人の参加者と集う。言葉の壁はあったが身ぶり手ぶりで話も出来た。肩書きのある偉い方々が多く恐れ入った。皆さん余裕で素敵なユーモアがあった。初めてお会いしたとは思えない気さくさが、私の心を和ませてくれた。リコーダー演奏に聴き入る。トップを切って宗森さんが独語で「モルゲンローテの歌」、そして「野ばら」を歌いだした。私も「赤とんぼ」を歌ってみたくなった。お隣席の学院教授土門さんが、それを聞き、腕をつかみ私を誘いだす。恐いもの知らずで私は歌い始めた。プロの歌手がやってきて一緒に歌った。「荒城の月」や「古里の歌」などドイツの方々も唱和した。ワインやビール、美味しい料理に舌鼓を打ちながら、お話ししたり飲めや歌えの交流は深夜までつづいた。土門さんは日本に行った時は是非お宅に泊めて下さいと気さくにおっしゃった。彼女の出身は京都嵯峨の大覚寺とのこと。ドイツに住んで四十年らしい。超偉い方が私のうちに来たら困っちゃうなーと真面目に考えてしまった。名刺交換し、爽やかなひと時に一同、参加した喜びに浸った。
交流会の意味が解らず、オカリナをホテルにおいて行ったことは残念だった。またの機会の楽しみが増えた。

翌日はベルリン観光、ドイツの歴史博物館、戦争の歴史をくまなく展示。当時の生活も見られた。足の長いシュミットさんはとても速く歩く。説明を聞き逃すまいと必死で追いかけた。ポーランドやソ連等他国に隣接するこの国の悲劇を垣間見た。二十五年前ベルリンの壁が崩壊し、新しい時代が訪れて国は一つになった。ベルリンの壁にはテレビで見たと同じような絵が沢山描かれて、平和への願いが伝わってきた。憲兵の守る厚い二重の壁を見た。東西に引き裂かれていた頃のシュミットさんの家族の痛み等も聞くことが出来た。クマちゃんはドイツのシンボル、様々にデザインされ町中で遊んでいる。

ドレスデンに列車で移動。新幹線であるが、列車の速度は緩やか、のんびりと二時間かけて走る。どこまでも続くのどかな原野、ジャガイモの国である。電気は風力にとのことで、政府が推奨。しかし需要と供給のバランスがとれず、問題を抱えているらしい。脱原発のドイツであるが実はフランスから原発でできた電気を買っているという矛盾もあるとのこと。どこの国も手探りだ。列車の中では個性的な参加者と交流。精神科医でもある広島の宗森さんは余分なことは言わないが、ガツンと的を射たことをおっしゃる。酒好きのYさんは厳しいことを言われていた。酒を絶たないと毒にやられる。性格まで悪くなると断言された。私は一人暮らしで子どもも自立、最高だと思えとのこと。愛情や財産など全てを受けとった子はもう親に用がないらしい。へーなるほどと納得。愛を与えなさい与え続けなさいとのこと。見返りを求めないのが究極の愛だ。若くして夫を亡くされた佐藤さん、着物屋一筋の道、頑張った人生、師範の余裕。人物油絵の井上さんは裁判所に勤めていたらしい。藤娘の絵が売れたとか。彼女も夫を早く亡くし、島根で長い間一人暮らし。一人息子は東京住まい。世界を飛んでいるらしい。マンションには泊めてもらったことはないとのこと。いろいろ事情があるものだ。柔らかい島根弁がとても印象的だ。八十三歳迷惑かけまいと頑張っておられる。シュミットさんは何気ない親切の人、いつも気にかけて大きな荷物をもってあげたり、マナーを教えて下さったり配慮されている。

ドレスデン大空襲は東京大空襲に匹敵するくらいの犠牲者が出たといわれている。立派な建物はすべて破壊され全滅に近い。当時の写真を拝見。広島の記念館の様な教会が廃墟のまま保存されていた。教会は焼け残った資材を使い修復改修されたとのこと。マリア大聖堂の金色の輝きは見る者を荘厳な気持ちにさせる。異国情緒豊かな教会のある街並み。広場には真赤なピアノ、ショパンの素敵な音楽が流れていた。宮殿のみどりの広場には結婚のカップル、抱かれた花嫁さんの幸せそうな姿が見られた。ドイツには身近なところに音楽が溢れある。日本人と解るとフルートで桜の歌を奏でてくれたりして愛嬌がある。野外広場では各種コンサートもよく行われているようだ。アコ弾きもいたがゆっくり聞いている時間はなかった。広場のマルチン・ルター像を思いだす。笑顔の素敵なおじいちゃま、バアバ・ファーストして下さり優しい。

夢の様なエルベの河の船旅。公爵様や伯爵様のお城、やかたは両岸に点在し、昔の趣を感じた。広いピルニッツ宮殿の散策を楽しむ。左手の奥さま、日本でいう二号さんの為の宮殿だという。なんという大富豪、想像もつかない暮らし。高齢の樹木が茂っている。中でも東洋から持ち込んだというツバキは巨木である。「冬は温室が移動してくる」らしい。菩提樹の樹を見た。ドングリも日本のものとちがい大きい。雀も西洋がかっている。素早い動きだ。カラスは鳩とあいの子のように見えた。ところ変われば鳥変わるようだ。

ドレスデンの市内観光はくたくたになった。足が棒のかんじ。美術館の警備は厳しく手荷物いっさい持ちこみならぬとのこと。パスポートまで預けたので不安になった。ツヴィンガー宮殿、ノイエ・マイスター絵画館、陶磁器コレクション、東洋の影響も受け発達した美しい美術品の数々、マイスターの高級陶器に触れた。ドレスデン緑の丸天井、贅の限りを尽くした品々、眠りからさめた金銀財宝この世の限りを収集した王朝の時代、歴史の重み。庶民は貧しい暮らしであったであろう。教会が権力をもっていた時代である。絵さえ自由に描けなかった時代を思った。ドラクロアの絵は少し暗く重くずんと来た。

ドイツ料理の代表ソーセージ・ポテト、酢キャベツ始めタイや中華料理、ケーキそして酒場でのシカ肉料理、船上でのとんかつ、帰りはイタリアンと幅広い食事を戴いた。菓子パンは殆どない。何しろ量が多くていつも食べきれずもったいない事であった。ゲーテの詩につけられた古曲演奏を聴きながらの食事会は最高だ。ホテルのバイキングでは搾りたての青リンゴジュースの味が忘れられない。道路には自転車道がある。水の空き容器もデポジット出来る。日本語しかしゃべれない観光客にも優しいドイツの人々であった。イクスキューズミーと片言の英語で過ごした。

最後のホテルは新築出来たて。シャワー室のカーテンがなく丸見え、大笑いした。エレベーターもカードなしでは動かない。さすがドイツの技術力。帰りがけ、ドアーが開けられなくなりパニックになった。それにしてもトイレは質素、お尻のシャワーなどはどこにもないのだ。印象深いのはトイレットペーパー、かなりしっかりとした材質で使いやすい。日本の様にペラペラな紙はない。色や模様、臭いまでつけたペーパーもない。用を足し終わるとすぐに水の流れるシステムもなく落ち着ける。五十セント入れないと入れないトイレもある。エレベーターには閉めるボタンがない。閉めようとそれらしきボタンを押すと動かない。せかせかしないで待てばいいのだ。日本と違い時間を楽しむ余裕があり落ち着いた国柄がうかがえる。日本はなぜかゴミゴミせかせかしすぎているようだ。

自称、四つの顔を持つという宗森さんはベルリンからフランクフルトへ回られるとのこと。洋画の高橋さんはパリやアメリカでの個展を控えお忙しいらしい。ラインでの交信も楽しそう。幾つもの病を克服し頑張っている吉岡さん、クロアチアでの障害児との出会いが人生を変えたとのこと。お母さんの流した涙に感激されていた。ご本人が良寛さんになったような印象を受けた。俳句の岸田さんはハモニカの名手らしい。一度聴きたいものである。最高齢の井上さんはタイやモナコでの展覧会の思い出話に花を咲かせた。彼女はそろそろ自分の身の始末が近づいていることをちょいと寂しそうにこぼしていた。聞けばペースメーカーを入れているとのことでビックリした。それでもスポーツクラブやダンスに通い野菜も作っておられるとのこと。パソコンで自分の画集を残すことが夢らしい。まいった。他の方々もそれぞれに自分の人生の夢を燃やし続けている。足元にも及ばない自分だが凄いパワーに明日を感じた。

お土産は宅配で送る購入者も多かった。チョコレートの種類が沢山あり迷う。露店の小間物の商品は格安だ。博物館などでは考えている時間はなく手当たり次第気に入った物を買う。飲物は種類が多い。なんといってもビールや白ワインは格別。買い物は、一ユーロが一四〇円前後なので、値段がすぐわかる。空港の免税店ではいちいち航空券の提示が必要。カーデーベーデパートは一流、三越の系列とのこと。ユニクロも目に付いた。ドイツ語は読み方が難しい。広告は派手でショッキングなものが目に付いた。

何もかも最高の旅。初秋は過ごしやすい。帰るころは皆親しくなり再会を約束。まさに出会いは人生の宝物である。シュミットさんに気持ちをお渡しすると有名なケーキをお返しに戴いた。歴史と文化を重んじるドイツの素晴らしい文化に触れ感激を新たにした。言葉や民族の壁を乗り越えての交流はすばらしい。交流の場を提供して下さったスタッフさんにもダンケです。ドイツと日本のかけ橋、シュミットさんの細やかなお心遣いには脱帽、感謝である。二日目に鍵を失くされた彼女。ユーモアの裏には秘密があった。人生辛いことも多い、だからこそ明るく生きなくてはとの哲学があった。素晴らしいことだ。

ユーロ圏の一端を見られ世界が広がった。平和であればこその旅行。帰ったらビックリ、早速安保法案が通過していた。帰国後、気が緩み風邪をひく。お料理の差し入れもあり有り難いことだ。友人から素敵なバラの花束も戴き元気が出た。すがすがしい、いい夢が見られた。感謝である。

この感動をシュミットさんに直接伝えたく、私は考えた。心づくしのプレゼントを贈ろう。お気に入りの詩を選び絵ハガキ集を作成、ファイルに納めて記念品にした。毛糸で編んだ食器洗い用のマスコット、色とりどりの葉っぱやハート。そして私の『くさぶえ詩集』、おまけに日本のお菓子。日独協会あての小包は国際郵便で夢を運んでくれた。

世界から戦争のなくなる日が来ますように。多くの犠牲の上に築かれた平和を守り続けて行きたいものです。

（二〇一五年九月）

ブーゲンビリアの咲く国で　――マルタ共和国・日本の印象展

パリのテロ事件以降、ヨーロッパの警戒は一層厳しくなりつつある。「目には目を歯には歯を」のせめぎ合い。憎しみは憎しみを増幅、それ以外の何物でもない。マルタ島、地中海のヘソ、夢の島への御誘い。「海賊の島じゃないの。危ないよ。迷ったらやめときな」友達の忠告を無視してまた出かけてしまった。喜劇王チャップリンは「人生は恐れなければとてもすばらしいものなんだよ。人生に必要なもの、それは勇気と想像力、そして少しのお金だ」という。わたしは少しの勇気を出して決断した。今回の企画におばあちゃんの詩が待っていたからだ。半世紀前にあの世へ旅立って逝った祖母の温もりが愛しくてならず、惹かれるように参加した。「日本の印象」展、マルタの文化省やイタリアの日本大使館も協賛の太鼓判に身をゆだねた。

昨秋ドイツでご一緒の仲間三人が待っていた。おなじみビーズアーチストのKさんは大阪からの参加。浜松のSさんは今回も親子で参加、微笑ましい。五人を案内するのはイベント企画会社クリエイト・I・M・S、イケメンの奥田さんと丸い目の優しい安広社長。

大船に乗った感じで出発。初対面のNさんは画家、個性のはっきりした方で、通称佐渡のトットちゃんらしい。大柄で女優の様な横顔に濃いピンクの奇抜な服装がぴったりである。ブリュッセル行きの飛行機で隣席となる。寅さん映画を見て、大声をあげて笑い転げる姿にちょっとビックリポン。底抜けに明るい方で、初対面とは思えぬ振る舞いに親近感をいだいた。油絵から生け花、人形制作なんでもどすこいのお名刺を戴く。時差は約八時間、フライトは十二時間余り。私は映画「オネーギン」を見て過ごす。Nさんはワインのおかわりも余裕でごくごく、パワーをみなぎらせていた。赤い手造りの帽子が道化師のようで魅力的。シルバーヘアーで緑の髪先が良く似合う。機内食はおにぎりなどの日本食が気に入った。

ANAの機内はほぼ満席、子ども連れも多い。七歳の男児と三歳の女の子連れのおばあちゃんと会話をする。娘夫婦がベルギーに住んでいるとのこと。正月で遊びに来たらしい。日本語も上手に話す。国へ帰ればベルギー語とのこと。甘えていた。帰りにパックンカラスの折り紙を差し上げると大切そうにしっかり握りしめ、可愛いリュックを背負い手をひかれてタラップに消えていった。乗り継ぎのブリュッセル空港は寒い。情勢が不安定のためか、大変厳しい入国審査を受けた。空港ロビーにはグランドピアノが置かれていた。

「素敵だなー、名曲でも弾けたら最高」。三時間以上待ち乗り継ぎいざマルタ空港へ。

イタリア半島の長靴の先方の彼方にこの国がある。少し行けばアラブ、アフリカも近い。人口約四十五万人、面積は東京二十三区の約半分程、淡路島とほぼ同じくらい。マルタの由来はマレートからメリータ（蜂蜜）、マルタとなったとのこと。フランスに占領された後イギリスに統治され、一九七四年独立。国旗の白は平和、赤は命。そしてマルタの象徴、四本の矢羽模様の騎士団の紋章。昨年はエリザベス女王も訪問されている。ユーロ圏に参入。首都は港町バレッタ、古都ムジーナは城壁の街、静寂の街。十字軍の最後にたどりついた国マルタ。歴史や文化は古く世界遺産も三つ点在している。世界中から最も幸福度の高い国と礼讃されている。治安の良さでも有名である。トム・クルーズの家（十三億ション）もあり有名。教会の多い農業国。港に火力発電所が設置されていた。水は貴重らしい。

マルタは明るい光に溢れ雨期とは思えない。コートは不要。海からの風が強いためか木々はスペインのガウディの造形のように曲がりくねりながら成長。雨量が少ないために植物が育ちにくいらしい。どの植え込みにもホースが貼りめぐらされていた。山はなくて、丘の国。優しい蜂蜜色の石灰岩で島全体ができている。建物はすべてその岩を組み立てて作られていた。地震の心配がないとのこと。畑の区切りも小さな小石を利用して丁寧に区画され美しい。何しろ温暖でジャガイモは年に四回も収穫できるとのこと。素晴らしいのは紺碧の空、果てしなく深く、病む人の心まで吸い込んでくれそうだ。観光国マルタ、ヨーロッパ各地から温暖なこの地中海に大勢の人々がやって来る。年間の観光客は百二十万人ともいわれている。物価が安く暮らしやすいのも特徴の一つとのこと。トモコガイドさんの話によれば、この国は医療費や教育費は0円らしい。親族家族を大切に日曜日は安息日、ほとんどの店が閉店。夏の週末は花火も盛大とのこと。男女の出会いの場でもあるようだ。資源が少ないので、若者はオーストラリアまで出稼ぎに行く。お金をためて島に帰り暮らすケースが多いらしい。それにしても鍵なしの暮らしは今どき考えられない。昔の田舎生活を思い出す。聴く事見るもの、みんな新鮮、ギョギョギョであった。温暖な風土のためかゆったりとした表情のマルタ人、人懐こく笑顔が最高。ジャパンびいき、「オハヨ」「キョハテンキイイデスネ」等日本語ですぐに話しかけてくる。その笑顔は百万ドル以上だ。ユーロ圏からの補助で道路も整備されつつあるらしい。とにかく、鉄道がないので車が全てだ。道路の両脇は駐車場だ。観光バスはあるが路線バスもない。自転車もないようで、見かけない。

マルタの空港に着くと早速ジョゼフ夫妻がワゴン車でお出迎え。ハンサムな彼は画家でかなりの知名人らしい。穏やかでにこやか、奥さまはナイスバディの美人さん俳優の様な方だ。一人一人にあたたかい握手。

キャバリエリアートホテルは大変豪華。いたるところに素晴らしい絵や芸術作品が掲げられていた。今回は一人一室、もったいないほど広々とした客室、窓を開ければ素晴らしい海が一望できた。沈む夕日や昇る朝日に手を合わせた。

クリエイト・I・M・Sの安広社長と奥田さんそしてドイツからいらしたゲルマンさんは展示に大忙し。海外への作品搬入は大変だ。絵画だけでなく書や俳句短歌そしてポエム等幅広い。神経を使うことであろう。若い皆さんはてきぱきと作業をこなされ、私達にも気配りをされとても優しい。

一日目・青の洞門（ブルーグロット）とハジャーイム観光

日本からマルタに住みついたというヨシコさんは、旅行社の仕事をされていたとのこと。この島が気に入り彼に出会い定住。北陸の出身。今は男児二児の母親、ファミリーで農業も手伝うらしい。優秀な方で観光案内は抜群、この島の歴史をくまなく伝えてくれる。マルタはフランスの植民地から脱却しイギリスに助けを求め、統治がおこなわれた。騎士団の影響をうけ、カソリックの信仰が厚い国である。家族との結びつきが濃厚で親戚付き合いが今でも大切にされているとの話。日本の昔を想わせる。離婚も堕胎も認められないらしい。経済的に困ることもないので浮浪者はいないと言い切る。悪いことをする必要もないから、裁判所は暇の様だ。日本の様に経済が優先しすぎると人間が狂いだすが、マルタでは信じられない穏やかさだ。猫までのんびりしていて人を恐れない。人懐こくてかわいい。世話好きのおばさんが猫の家を作り保護している。命あるものをないがしろにしない優しさが見られた。日本では毎日のように殺人事件が横行している。どこで道を間違えたのか困ったものだ。

青の洞門はエメラルドの輝きを放つ深い海にある。陸続きの岩礁が長い年月をかけて風や波の浸食をうけ奇跡のアーチを造形。早速ボートに乗り込み探検。目を見張る美しさ、仏ヶ浦にも勝るアートの世界。波しぶきを受けながら地中海を探検。明日からは天候の関係で出港しないとのこと。ラッキーな遊覧。昼は地中海の豊かな恵みたっぷり、シーフードレストランのパエリヤなどに舌鼓、おいしいおいしいの連発。「うまいねー」のNさん元気いっぱい。

午後はハジャーイム神殿観光、巨大な石灰岩の建築物に目を見張る。紀元前二八〇〇年前の遺跡。エジプトのピラミッドより古いとは驚きだ。謎多き神秘なる宮殿。現地ではいけにえを捧げ、祀った場所や処理した台等詳しい説明を受けた。汚れなき血は地面に返すようにしくまれていた。十分に計算された建築物には息をのんだ。日本のハニワに似た土器は豊穣の女神さま、丸々と肥えてお尻はプリンプリンでっちり、ふくよか、微笑ましい姿。現代でもマルタは美人が多い。壁面の渦巻きは日本の唐草模様に似ている。波の表現の様だ、またちりばめられた点々は、タネの意味らしい。大きな男性のシンボルも見た。大自然に抱かれて現代に息づく大遺跡、五六〇〇年も前の荘厳な神殿、感動の連続であった。

アッパー・バラッカガーデン、騎士団長の宮殿

騎士団活躍の歴史の息づく回廊、聖ヨハネ大聖堂には重厚な歴史を肌で感じた。中でも絵画は世界的にも貴重、価値あり釘づけになる。鉄製兵器の大きな大砲もあちこちに見られた。大理石の廊下は一枚の床板制作に数年かかるほど。如何に民衆の支持を受け作られ

てきたのであろう。金銀財宝が眠ったまま宮殿の命を輝かせている。まるで夢でも見ているような荘厳な神殿に心奪われた。十六世紀の芸術家カラヴァッジオの「聖ヨハネの斬首」の眠る島マルタ、芸術の香り漂う神秘の国。天井画の美しさは最高であった。全てが別世界、筆舌に尽くしがたいというほかはない。裁判所の前にナンバーなしの公用車が堂々と横付けされていた。旅に出ると自国の姿も見えてくる。メインストリートの老舗店でチョコレートを買いあさる。

楽園ゴゾ島（丸い船の意）

翌日はフェリーでとなりの島ゴゾへ渡る。海風のそよぐ丘には、オキザリスが可憐な黄色い花をつけ、風になびいて咲きほこっている。巨大なウチワサボテンはあかい実をつけている。このジャムは最高らしい。日本でおなじみのオレンジ色のマリーゴールドや金のなる木、ハイビスカスもあり親しみ深い。アーモンドの花も美しい。まるで日本の桜を想わせる。この淡く美しい花からあの固い実は想像できない。深紅のブーゲンビリアの花も色濃く咲き二階までのび元気いっぱい。浜辺の塩田にて塩を購入する。

蜜色のレンガの家は柔らかい印象。行きかう人々も優しい笑顔で迎えてくれる。浜辺の店での買い物も楽しい。買わないぞと決めていたNさん、買いまくる。レースのテーブルクロスや小物類、果ては絹のカーディガンや帽子、これがまたよく似合う。値切ることが楽しいらしくゆずらない。手先の器用な現地のご婦人は手編みのセーターやレース編みなど上手に作る。

銀細工に目のないKさんはカードでスイスイ買物を楽しむ。生徒さんや友人への土産らしい。わたしは皆さんのお買い物について歩く。目の保養である。名物のはちみつは三個しっかり購入。皆すっかり打ち解けて彼氏の話になると盛り上がる。Nさんは五人の彼氏を作ると宣言。返り咲きである。佐渡には画廊があり退職した御主人が守っておられるとのこと。ご自分は神奈川で悠々自適、創作意欲に燃えておられる。頼もしい限りだ。ファッションもアートだとのことで毎日楽しませてくれる。Sさんはとても温和な方、娘さんは若者の特権を生かし、情報を提供して下さる。有り難い。車での移動はガタガタとゆられゆられて気分がさえない。ランチはゴージャスなのだが全く食べる気がしなかった。アイスは巨大なケーキの様だった。

四日目・午前中は首都ヴァレッタの港町を散策

港にはゴージャス船舶が沢山横づけされていた。オフシーズンなので賑わいは今一つ。一艘《そう》数億円の値段に目が点になる。世の中色々な人間が暮らしてる。すっかりマルタの魅力に取りつかれた私達、マルタ会を作り再会を誓う。青いこの海でドボンして魚の餌になるのもいいねーと冗談話も飛び交う。浜辺でお茶をし、午後はゆっくりとメインのイベントに備える。私は部屋でオカリナを吹いたり近辺を散歩したりしてすごす。浜辺の風はとても強く吹き飛ばされそうだが全く湿気がなくさらさらしていた。プラスチックの海洋汚染が問題になっている。地球規模で手を打たねばいけない。この青い海は人類の宝だ。魚や鳥たちに人間の魔の手が及ばぬよう切に望みたい。

セレモニー参加

フロアには赤い絨毯が敷かれた。ゲルマンさんは絵羽織のリフォーム上着、とても品がある。司会者であるので緊張されていた。通訳は日本人の後藤夫人、細くて長身、プロのカメラマンとのこと。素敵な彼女のハズバンドは随筆作家、背高のっぽの足長おじさん、カナダの方らしい。日本にも二年滞在とのこと。見るからに優しそう。小雨降る中あっという間に沢山のお客様が集まってきた。さすが組織の力は大きい。一回目は首相もいらしたとのこと。二回目の今回は文化省の文部大臣がお見え。柔かな笑みをたたえ、真から優しそうなお方、私達も紹介され歓迎を受けた。握手をするとふくよかな手の温もりが伝わってきた。ご挨拶では日本のアニメのことをお話しされ大変懐かしんでおられた。友好的なお国マルタ。彼と一緒に作品の前で記念写真を撮る。プロのカメラマンがやたらとぱちぱちフラッシュをたいてきた。其々《それぞれ》のファッションでもてなしにのぞむ。奇抜なNさんは淡いピンクの着物のリフォーム姿、ビーズ作家のKさんは装飾品もあでやか、Sさんも素敵に装い輝いていた。何しろ水彩を四枚も出されている。私は地味だがチョイときらり程度。皆さんお土産いっぱいで日本の名産品をお渡ししていた。私は本しかないので文化省の大臣と通訳の方にお渡しする。日本語の勉強をしますとおっしゃられていた。丁寧な方々だ。

交流会は華やかで感動の連続。サルサ風の音楽にのせてジョゼフ夫妻のダンスが始まる。そのあでやかな動きに全員が熱い視線を送る。きびきびとした動きは全く年齢を感じさせない。彼は若い時に奥さまを失くされ再婚とのこと。奥さまも彼をなくされ、踊りを通し出会ったらしい。二人の息の合ったダンスは大喝采である。イスラエルから来たという方は積極的に自分の絵を紹介された。自分の母親の様だと言って私をハグハグ。ロシア、モスクワから来たという方は映画に出てきそうな眼のぱっちりした美しい方。ロシアでも展示会交流をして下さいとのこと。作品の前で写真を撮った。私はただのおばあさん、ポエムは目立たない。しかし意外にも皆さんよく読んでおられた。

若者がロビーのピアノを触っていたので、ちょっと貸してと声をかけ、ザワザワのなか、日本の童謡「月の沙漠」や「荒城の月」等ひいた。瞬間、静けさが訪れた。皆さん聴いていたのだ。即座にモーツァルト、ブラームスと声が飛び交い、恐縮した。ああもっとましに弾く事が出来たら楽しめたのにと思い甲斐性のなさが悔やまれた。「エリーゼ」や「トルコマーチ」があったのにおじけづいてしまった。可愛い子供に英語で「ハウ オールド アユー」と尋ねると七歳としっかり答えてくれた。「イクスキューズ ミィ」、「ソーリィ」でまたなんとかなった。交流は言葉だけではない。表情からも親日の感情が読み取れる。

マルタの方々の日本文化への関心も強く、仏像の絵も出品されていた。まだ見ぬ国の名古屋城や侍の絵を真剣に表現されておられる画家さんもいらした。アーチストの方々は絵画作品ともども輝いていた。カナッペやワインを酌み交わしながらの交流会は深夜まで続いた。まるで夢でも見ている様な時間、関係者も大喜びの様子だった。

さようならマルタ、また来る日まで

レストランは日替わりバイキング。すっかりおなじみになった従業員のアーノルドさん、出稼ぎであろうか、黒人でカッコイイ。毎朝「オハヨ、ニッポン、コンニチハ」と言いながらハグハグにこにこ迎えてくれた。あまりに人懐こく戸惑うほどだ。最後の日に名刺にアドレスを書いて下さった。わたしはお礼に自分のポエムはがき数枚とつるや風船の折り紙をプレゼントした。「ツル、ヒロシマ広島、オーケー風船フー」と彼は答えた。とても喜び同僚にヘイヘイとふれまわり最後に写真撮影。子供みたいな小さいおばあさんのわたしをこんなにも歓迎して下さり有り難い。美しい友情が国を超えてあるものだと感心した。「神の国は人間の中にある」という聖書の言葉が胸に響いた。国を超え人々の愛の輪が広がって行けば少しでも平和に近づくことが出来る。ルームにはフィリピンのメイドさん。折り紙の箱に三ユーロに鶴を添えて置いた。老舗店で買ったチョコや小間物を土産に帰国の時が来た。帰りは向かい風十二時間以上のフライト。三席を一人じめ。雲海に見る月の明るさに目が冴えた。いい旅、時間に感謝した。

帰ったら一面の銀世界、日本列島は荒れていた。軽井沢で悲惨なバス事故も起きていた。十五人もの若い命が消えて逝った。哀しい事故だ。夕刻人ごみの中電車に乗り込む。ふと見ると両座席のすべての人が、スマホに夢中。猫も杓子も赤ちゃんまでがシュッシュッしている。電子機器に振り回され、人との関係がますます希薄になりつつある。別にかまわないが、結婚もしない若者は、急増。自然の摂理に反して生きているのは人間だけだ。どんな時代が来るのだろう。

翌日、企画会社Ｉ・Ｍ・Ｓの奥田さんから電話が入った。作家の後藤さん始め、えらい方が私のポエムに大変興味を持たれたとのこと。それで来月に対談インタビューさせてほしいとのこと。又罠にかかったかな、ウソでしょと思った。でも人を信じてみよう。ＯＫを出した。構えず裸で行くしかない。どんなことが待っているか解らないが、人生は手探りの冒険だ。詩が本から抜け出し一人歩きを始めた。皆さんに自分の作品を見ていただくことは喜びでもある。イタリアのダヴィンチ中学校、世界遺産に指定されて三年の富岡製糸工場、福島、札幌と目白押しのイベント、自分にとっての老後は詩友達に囲まれて大変充実、人生桜色くらいであるが感謝の日々である。

ハロー　マルタ共和国

コバルトブルーの　海に守られしマルタ国
乳白色の石灰岩　蜂蜜の国
どこまでも広がる紺碧の空に
愛と平和のシンボルの国旗はためき
豊穣の女神　微笑む
紀元前の歴史　脈々と伝え来る
騎士団繁栄時代を礎に
偉大なる聖ヨハネ教会に導かれ
カソリックの祈りにひざまずく民
海の幸　丘の幸溢れ光輝く

オーマイゴット　アイラヴユー
コゾの教会　信仰の里
ブーゲンビリアの咲く頃は
オキザリスは　緑のじゅうたんを敷き詰め
黄金のランプをつけ咲き乱れる
その花は　海風に頭ふりふりほほ笑む
巨人のようなウチワサボテン
深紅の実をつけ手を招く
極楽鳥の花歌い
シュロの大木　大地に根を張り動ぜず
ベンジャミンの木々は
体くねらせ踊りざわめく
猫達ものんびり暮らすこのマルタ
オハヨ　コンニチワ　ジャパン　ハグハグ
人々は自然の恵みに感謝し

命を讃歌　慈しみ優しく暮らす
愛と幸　自由の楽園
マルタ共和国に幸溢れる
マルタ会談　歴史ある冷戦の終結
地中海の要、宝石と呼ばれるこの島で
とこしえに眠り続ける七十八名の
日本海軍将兵の英霊
第一次世界大戦の犠牲者に
心から哀悼の意を捧げます

（二〇一六年一月）

四章　「出逢いの不思議」

求めよさらば与えられん

真夜中に目が覚めた。ラジオ深夜便のスイッチを入れる。千住真理子さんのお話の最中であった。ぱっと眼が冴え、神様に起こされたような感覚になり聞き入る。彼女の二歳からのヴァイオリン人生を語っていた。天才少女と呼ばれ注目を浴びる中、苦悩が始まった。過酷なまでの厳しい世界。悩みぬき挫折の中、ヴァイオリンから手を引くまでの心の葛藤が伝わってきた。も抜けになって生きる力を無くしている時に出会った、ホスピスでのボランティア演奏。

「音楽は苦しみの中でひっそりと頑張っている者の為にある」とのこと。人々の温もりに触れ再起をかけ立ち上がる。しかし現実は厳しく八ヶ月のブランクは、どんなに努力をしても、うめることが出来なかった。舞台の恐さが身に滲みて、自信を失うばかりであった。緊張から絶望の淵に立たされた。ベートーベンの人生を連想する。十年以上も悩み苦しみ頑張った彼女、限界まで行き、ある時、ぱっと霧が晴れ世界が広がったのだという。並々ならぬ積み重ねの成果が成功に導いた。ヴァイオリンが好き、そのことが全てのエネルギーの源であった。母親の闘病を兄弟で支え合う中で、母親の芸術への憧れを身をもって体験された。「芸術は苦しみの中にいる人の為にある」。母親の残された最後の言葉である。母親の言葉は今でも彼女の胸に生きている。

若き日はロボット的存在だったとつぶやく彼女、技術はピカ一、手塚治虫に「涙を流すロボットになれ」と言われたとか。神様は厳しい苦難を乗り越えた者にしか祝杯をあげない。年を重ねて知る人生のだいご味。それが音になり響き渡る。究極の自然体で楽器と向き合う事で自分を表現している。血のにじむような生き方の中でしか獲得のできない贅沢な技。力を抜く事のむずかしさを思い知る。シワシワのおばーちゃんになっても、年齢の出せる演奏が夢だとのこと。聴いていいて涙が出た。人生はこの道一筋、ひたすら歩むことに意義があるとも思った。

思春期、人前が苦手な私は、音楽の時間が恐怖だった。音楽は「音が苦」だった。なぜか、否応なしに、皆の前で一人ずつ歌わされたからだ。多分、蚊の鳴くような声でドキドキしながら、耐えつつその場を何とかしのいだ記憶がある。音痴の友人は「早春賦」の歌のテストで皆の笑い物になり、すっかり自信をなくしたらしい。当時のクスクスざわざわの記憶と共に心の傷として今でも残っているという。

高校に入り、同好会で歌うことの楽しさを知った。講師の丸山先生はアコーディオンが得意で、ロシア民謡等沢山歌った。「収穫の歌」は特にテンポも速く活気があった。情緒豊かな「エルベ河」など文化祭で発表したものだ。

現代は音楽のジャンルも幅広くクラシックからポップス、演歌とあらゆる分野の音が、巷に溢れている。

先日鈴木慶江さんの、研ぎ澄まされたソプラノを聴いて、身も心も洗われるようだった。芸大・大学院そしてヨーロッパの本場で研さんを積んだ最高の声、天上の声、この世のものとは思えないくらい素晴らしい。

森麻季さんの歌も、心に滲みる「つばめが来る頃」の歌は大好き。鮫島有美子さん、伊藤京子さん、とあげたらきりがない。オペラのアリアなどは最高の癒しである。

器楽関係も、技術レベルがますますアップし世界的な音楽家も大勢活躍している。「古武道」という素敵なグループのCDを聴き、何とも幸せな時間を戴く。チェロは人間の声に一番近いせいかとても落ち着く。尺八は藤原道山、クラシックのしっとりした音楽が心に滲みわたる。

さて、自分で歌うとなるとこれが至難の業である。のど（筋肉）で歌う事は誰しも簡単にできる。が、息で歌うとなると、全くできないものだ。年齢と共に音域も狭まり、高い声はなかなか出せなくなる。石の上にも三年と言うが、なかなか聴かせるような声は出せないものだ。あきらめたら終わりなので、奮闘してみるものの、身にはならない。やるほどに深みにはまり、身動きできない。ああでもないこうでもないと四苦八苦しながら、美を求めての修行は続く。安定ヴォイスの香川先生の声の科学、物理を頭に、リコ先生の御指導を仰ぎ、果てしない夢を追いながら、声の妙薬を求めての旅は始まったばかりだ。力まずに受けて立つ究極の生き方は人生そのものだ。意識のないところに変革は起きないことを肝に銘ずるこの頃である。

最近熟年世代に歌声の人気が上昇中、カラオケは一人の世界だが、皆で歌う事で一体感が生まれるようだ。先日芸大出の方を招いての歌声があり、参加した。おっかけもいるとのこと。若い孫の様なお兄さん、ヴァイオリンもピアノも超一流、歌い手は、バスのしびれそうな素敵な声。酔いしれながら身体を振り振り、手で指揮を取り何とも楽しそうなおばちゃん達の姿に、見とれた。

その昔「歌声は平和の力」をスローガンにアコーディオンを担いで出かけて行ったものだ。労働歌やロシア民謡がなつかしい。仲間と共に歌いまくった日々を思い出した。今また花を咲かせている熟年さんのパワーを感じた。

自治体で歌声教室を推進している所も多い。パソコンで字幕を映し、歌詞をみる。歌集は消えつつある。介護予防につながる。医療費の出費よりも安上がりなのかもしれない。声を出すことで元気になれるし、楽しめるのだ。少しくらい音が狂っていても誰も気にしない。聴く事もいいがやはり皆歌いたいのであろう。男性は数えるばかり、女性の勢いはすごい。童謡や抒情歌、そして懐メロなんでもオーケー。楽器も素晴らしいが人間の声に勝るものはない。繊細な感情を声に託して歌うのは至難の業であろう。素敵な歌を聴くと心が震え感動する。震災後の応援歌、「故郷は今も変わらず」、「花は咲く」の歌も皆で歌えば元気百倍。老春真っ只中、歌う歓び仲間と共にあの街この村に響き行け‼

出逢いの不思議

思いがけないエアメール賀状が届いた。ドイツの旅、懇親会で隣席した土門さんからだ。数時間の出会いであった。パワー溢れる彼女の行動にただならぬ輝きを感じていた。話し上手で相手を引きこんでしまう不思議な魔力を感じた。名刺を戴く。なんと私とは住む世界が違う御方であった。教授の文字、ドイツ嵯峨芸術学院学院長、出身は京都旧嵯峨御所、大本山大覚寺の娘さん。ドイツにきて四十年とのこと。キャリアウーマンの頂点におられる。恐れ多くたじたじのわたし。しかし彼女は何の差別もせず、大歓迎でシャキシャキ迎え入れてくれた。まさかあの時の雲の上のご婦人からお手紙を戴くなんて、信じられなかった。心の琴線がポロンとなった。新年のあいさつと共にインドや中国を回り、日本に帰国されるとのこと。あなたのソプラノききたいな。あなたに会えるといいなーなんて、ウソでもいい、よく覚えておられたものだ。有り難くてまいあがってしまった。絵ハガキはご本人の作品、ポルトガル博物館所蔵のアート作品。芸術の解らない私には猫に小判。早速御返事を書く。手造りの絵ハガキや私の『大地の歌』の本などを用意した。あて名書きに迷う。郵便局で確かめて記す。しかし大失敗。西洋では肩書きを非常に大事にするらしい。様や殿に当たる部分にミセスと記し、出してしまった。ドイツに詳しいリコ先生に、あなたこの方教授ですよと言われて、えーあて名に肩書きを書くなんて……知らなかった……。文化の違いは教えていただかないと解らない。何しろ日本語感覚であて名を書くことはならん。まず先にProf（教授）プロフェッサーの肩書き、そして名前を、次に住所そして最後に国名を記すのだ。いい勉強になった。へんてこりんなわたしのあて名書きに、気分を害さなければいいがなーと思ったが後の祭り。まっいいか。兎に角届くよう祈った。思えばあの時、確か東京へ来たらあなたのお家にお邪魔したいとおっしゃった。彼女は再会を本気で考えているのだろうか。びくびくの私である。身分が違いすぎる偶然の出逢いであるが、光栄なことで感謝の一言である。

日独協会の会長のシュミットさんからもお礼の手紙が届いた。お上手な日本語でお礼の言葉が添えられていた。日本での再会を楽しみにしていますと結ばれていた。義理を欠く事の多いこの時代に、ご丁寧なドイツの方々に親しみを覚えた。人間の繋がりは国を超えて広がって行くものなのだ。世界が近くなり地球が狭くなりつつある今日、人種や国境を越えて繋がることが出来れば世界は一歩平和に近づくのかもしれない。

「旅は道づれ世は情け」、七日間の旅で、穏やかな吉岡さんとは波長が合い、今でも楽しく新鮮な交流が継続している。良寛さんの研究をされておられる吉岡さん、イベントではクロアチアでの愛の奇跡体験を発表された。

書く事を通して繋がり合う事は刺激にもなり、素敵だし有り難いことである。大切にして行きたい。出逢いに導かれて新しい人生体験が出来、嬉しい。

しばらくして彼女からまたエアメールが届いた。御多忙の教授さんなので、もうこれっきりと思っていた矢先のことだ。お礼と感想が述べられており、今後の活動の様子が描かれていた。世界を股にかけて飛び回るという言葉がぴったりの彼女、インド・中国等予定がびっしりらしい。ドイツの芸術事情が便せん三枚にぎっしり書かれていた。「おごれるものは没落あるのみ」という一言が響いた。

言葉　――遊びと学び

　子どもにとって遊びは命であり、学びである。だれしも無邪気に遊んだ幼少期の記憶は脳の芯部に刻まれている。土と棒きれそして水があれば子どもは素晴らしい遊びを展開する。自然から多くのことを学び心も体も育って行く。時代と共に子ども達の遊びが変化しつつある。兄弟も少なくなり、一人っ子も多い。室内でゲーム機に首ったけの生活では肝心の友達関係もできない。早期教育を狙い習い事にがんじがらめの子ども達も可哀想だ。高齢化と共に子どもの数が少なくなってきた。

　地域でちびっこの集いのお手伝いを始めた。三歳未満児が主に集まって来る。国際化という事で早期からの英語教育を掲げて指導者がやってきた。一言も日本語を使わずに遊びを教えるとのこと。早速、輪になり手遊びなど始まった。元気のいい二歳児はきょとんとして固まり、バタンとずっこけてはしゃぎ出した。子どもの感性は研ぎ澄まされており、敏感に外国語をキャッチし、なんか変だぞーと反応したのだ。数人がお調子に乗りこけだした。目も泳ぎだし違和感を表現していた。大人の判断で早期教育をやられてはたまらない。短時間だから救われた。後半は私の担当、わらべ歌遊びとなる。母親の胎内で聞いていた心臓の鼓動に合わせてリズムをとることが基本。触れ合うことで親子の信頼関係が一層深まる。何よりも母国語獲得の時期、日本語の持つ柔らかい響きを子ども達に伝えたい。スキンシップの多いわらべ歌は以外と人気がある。心に響く民族の歴史を感じる。

一歳半くらいまでの間に子どもは沢山の母語をため込む。話せないが殆《ほとん》どの行動を理解できるようになる。言葉の卵を獲得して温めている時期だ。言語には意味がありそれを通して心がつながることを知る大切な時期だ。思考する場合も母語が基本になる。いくら英語が話せても口先だけのものでは全く意味をなさない。中には数ヶ国語が話せるようになる子もいる。暮らしと言葉が結びついていれば問題はないようだ。いい加減に詰め込むと将来辛い思いをしかねない。どちらの言葉で思考するか戸惑う事になる。文部科学省は小学生に英語教育を取り入れようとしている。民族的な損失になりかねない。脳学者も警告をしている。日本はどこへ向かって行こうとしているのだろうか。

それにしても身の周りに英語を始め外来語がやたらと多い。日本語に訳せないものも沢山ある。中でもパソコン用語は意味不明のカタカナがあり判断しかねる。インストールくらいならまだいいがアドオンなど説明の仕様のない専門用語に迷うこのごろである。

私を変えたオカリナとの出会い

初めてオカリナに出会ったのは私が二十歳の時、その音色が忘れられずにいた。五十歳の手習いで始めたオカリナ、ガチョウの形をした可愛い楽器である。当時は珍しい楽器であった。音が不安定で狂いやすい。冬はホカロンで温めてあげる。オカリナは生きている。吹く人の息遣いで、優しい音色が奏でられる。最近は猫も杓子も癒しを求めオカリナ三昧の風潮がある。「水滴穿石」の諺を信じ継続してきた。サークルは学びの場でもあるが同時に人々との出会いの場でもある。オカリナのお陰で大勢の素晴らしい方々と絆を結び語り合って来た。その上私の上がり症も克服でき、一挙両得。まさにオカリナ「命」である。輪が広がりホームページやユーチューブにまで配信され、オカリナがいっそう楽しいものになりつつある。

退職後は施設でのボランティアを始めた。子どもや高齢者との触れ合いはいろいろと教えられることが多い。人前に出ることが大の苦手であった私であったが、今では自信がつきワクワクしながら演奏を楽しめるようになった。そして夫亡き後もオカリナのお陰で寂しさを紛らわす事が出来た。音楽に癒され救われ支えられた私である。これからも「唇に歌を、心に太陽を」をモットーに参加者との触れ合いを楽しんで行きたい。

お茶の間コンサートのひと時を紹介しよう。

「荒城の月です」言うが早いか「強情の月や！　これ、わてのことやー」とヤジが入る。元気な大阪のおばはん。「わて低音うとうたるわ」と元気いっぱい。次は私の番、「ではラ・クンパルシータ、お聞きください」。暗譜での挑戦、静かに聞いておられた。「ああいう曲は難しそうだね」と囁《ささや》く方がいた。しかし演奏が終わるや否や「ハイタイやー」とおばはんの罵声がとんだ。「歯痛い」かと思ったら「廃退」の事でした。がっくりした。年配者にとってこういう曲は与太者の曲との印象が強いようだ。私はあわてて「タンゴの名曲です。実は人生を振り返り、吹く風の冷たさを歌っています」と弁解し焦った。皆さんはポカンとして彼女に圧倒されていた。おばはんは帰りがけに「気付けて帰りいや」と声をかけてきた。「あの笛、いい音してんねん。なにやら響きおるわ」と優しい声。私の緊張も解け手を振り、別れを惜しんだ。赤くなったり、青くなったりの私であったが、楽しかった。人との触れ合いは不思議に温かいものを感じる。

そんなわけで現在、腕に磨きをかけ、オカリナの達人、心に響く演奏を夢見ている。聞く人の心に届くいい音で演奏ができた時の喜びは格別である。諦めなければ夢は何時か叶うもの。雨が降ろうが風が吹こうが、我が息の続く限りオカリナと向きあって行きたい。お料理はサシスセソ、そして人生は感謝・感動、希望、くじけない、健康で、根気よく、と、カキクケコで生きて行きたい。一生青春・一生勉強をモットーに励みたい。これからもオカリナを我が友とし、人々との絆を深めて行きたい。皆に喜ばれ、好きなことのある幸せをかみしめている。

今・ボランティアの喜び

わたしの遺産、それは私自身のこの「命」だ。幾多の苦難を乗り越え七十路を歩む。猫背・出っ腹・垂れ尻のババちゃん。四十年間、保育士としてひたすら働いた人生、懐かしい日々、楽しい思い出がいっぱいである。

愛する夫はもう天国だ。でも彼の魂はわたしの心に生き続けている。二人の娘も其々《それぞれ》自立し、今は一人暮らし。命は孫に受けつがれ、脈々と繋がっている。

大切にしたい人生訓はあいうえお、〝あ〟は「愛」、〝い〟は「命」、〝う〟は「運」、〝え〟は「縁」、〝お〟は「お陰様」である。感謝の日々である。命あっての物、体をいたわりつつ、老春を謳歌している。地域と結びつき共に生きる街づくりが目標である。高齢者のボランティアは生きがいでもある。

これからも趣味の音楽を生かし社会と繋がり、人生を生き抜く情熱を、燃やし続けたいと思う。好奇心を失わず新しいことにも挑戦し「いつもと違う明日を夢見て」、今日の一日を精一杯に生きて行きたいと思う。

年末ボランティア

あっという間の師走、クリスマスと大掃除が一度にやって来る。デイサービスのボランティアの日は学んだり考えたりである。集会室にはぬり絵や来年の干支の猿の飾り物が並んでいた。皆さんはソファーに寄りかかりテレビを見ている。暖房でぬくぬくと温められた部屋、ヘルパーさんはみな半袖。利用者さんはそれでも寒いとひざかけをはおる。動かない生活は体から熱も出ないのであろう。

一年間を振り返り歌のプログラムを組む。おなじみの「朧《おぼろ》月夜」からスタート、「浜辺の歌」や「赤とんぼ」、そのほかもろもろ春夏秋冬を歌う。一時間は結構長い。飽きるので合間に私の歌やオカリナソロを入れる。今月は宗次郎「故郷の原風景」のソロ。うんまい、うんまいと言って拍手で歓迎してくれた。

いつでも寝ているお爺さん、寝ているふりをして指先でリズムをとっていた。歌の嫌いな方は苦虫をかみつぶし仏頂面でソファーに寄りかかり耐えている。私としては何時口をあけるか楽しみなのだが……職員が歌本のページをめくりに行くと「いちいちうっせえなー」と怒鳴り付けた。周囲の方は全く気にしていない。職員さんもストレスであろう。多分少し認知もあるのであろうか、立ち上がりウロウロ、自分のバッグのことを気にしたり、トイレに行ったりして落ち着かない。歌う楽しさが解らない方に無理は禁物。そっとしておく。調子が出てくると元気な方からかけ声がかかる。ハイ二番！と元気いっぱい。声もどんどん大きくなって行き、歌を楽しんでいる。声は出さないと見るみる退化するらしい。元気でいるためにも歌うことはいいことだ。「リンゴの唄」では絶好調に。女性群は勢いが良い、男性軍はショボクレている。「里の秋」の解説、戦争で還らぬお父さんを偲んで歌った歌、平和であればこそ、今の生活がある。難民問題など話題にする。戦争の話になると皆さん思い出したかのようにポツリポツリと当時のこと等語り始める。

飽きないように手遊びなども取り入れて展開、十二月生れの方に詩のプレゼント。

「……木枯らしに裸にされた樹木は
ひと回り年輪を重ね　天をめざす
ああこんな十二月　生まれ出た人よ
待ち望まれて生まれたあなたは
天性の決断力と実行力を持って生まれたのです」

（高森保詩集『1月から12月あなたの誕生を祝う詩』より）

耳をすませて聴いている。にこにこと嬉しそうなご本人。幾つになっても生まれたことの喜びは大きい。出身地や育ち等も自分から話し始めた。このような施設で過ごせることのありがたさが身に沁みているのであろうか。職員さんはいつも多忙、しかし利用者さんと共に歌に参加して下さる方もいる。ハーモニーが生まれイイ感じ。ゆとりをもち寄りそう心が必要であろう。ホームページ更新のためカメラでパチパチ撮影。

おやつはジュースとチョコタルト。わたしもご相伴に。一斉にアルコール消毒が始まる「そんなのしねえー」、「どうやって食うんだこの菓子は食ったことがねーからわかんねーや」とぼやくお爺さん。かじりつきゃいいんだよとお婆さん。

人間集団にトラブルはつきもの。年齢を重ねれば妬み嫉《そね》みなどはさとるものとおもいこんでいたがそうは問屋がおろさない。時には泥仕合もやりかねない。今日はひたすらテーブル拭きをしていたご婦人も、広告をたたみ続ける御方も不在であった。如何されていることか。残り少ない時間を有意義に過ごせますようにと願うばかりだ。夢や希望を失った時、人は本当に老いる。社会参加しつつ生きている証しを持ち続けたいものだ。

施設の玄関には「什の掟（やってはなりませぬ）」の看板がかかげられて、このホームを見守っている。安らぎとふれあいの里をスローガンに経営、「ならぬことはならぬ」理念。

老後は現在の自分の状態を受け入れ、それなりに懸命に生きることに尽きるのであろう。が、狭い空間で長い一日を過ごすことは元気の良い者にとっては苦痛であろう。飼い殺しという言葉はきついが、与えられた自由は私には退屈で満足できない。たとえどうであれ羽ばたきたいと思った。自分の意志を貫くためにはまず健康でいなければならない。健康管理は自己責任。ひざの痛みは体の歪みから来るらしい。姿勢を正すことから始めよう。それにしても施設で過ごせる方は恵まれているのだろう。格差の大きいこの国、人知れず凍てつく寒さに耐え路上生活をせざるを得ない者もいるのだ。クリスマスには暖かい贈り物があるのだろうか。人間らしく自由とか幸せとか考えることさえ空しく人生を終わるなんてどんなにか寂しいことだろうか。人は人として生き人として死んで往く権利がある。

玄関には「什の掟」が掲げられている。

一　年長者の言う事にそむいてはいけませぬ

二　年長者には必ず挨拶を致しましょう

三　戯言をいうことはなりませぬ

四　ひぼうな振る舞いをしてはなりませぬ
五　弱い者いじめをしてはなりませぬ

云々

ならぬことはならぬのです。会津藩の掟を見習って作成されたようだ。

新国立競技場、A案に決定。トラブルがあり、やり直し。全く予算の無駄使いだ。一四九〇億円近い予算。聖火台の件については間抜けなことよ。二〇一九年完成を目指す。物価の値上がりや税金が気になる。柔らかい日差しを浴びて窓辺のシクラメンがシャンと花咲きピンクの元気をもらう。桜の木は裸で木枯らしに耐えている。新しい新芽をしっかり抱いて春の準備をしながらこの季節を生きている。

「安」の一文字を残し今年も暮れて行く。憲法改悪は戦争への道、安保法案はなんとしても国民の力で撤回して行かなければならない。来年は不安でなく安心の暮らしが出来ますように願いながらホームを後にした。

ひがな一日

今日は私の休息日、朝は公園の掃除をすませた後、練功（中国体操）の補習会に参加する。其々《それぞれ》のお方様、歳を重ねるに従い頑固になり、我こそはという自尊心意識が高くなりつつあるように感じる。だからどうだっていうのか。残り少ない人生、上司も部下もない、楽しく生きよう。誰の為の体操でもない。己の身体の為である。毎朝参加する事だけでも意義がある。杖を片手に通われる方もおられる。ストレスになるような体操は、しない方がましにも思える。頭と体が反比例して行くので分かっちゃいるけど出来ませんと言う方も多い。皆それなりである。とりあえずご指導をありがたく受ける。

大量の大根配りもほぼ終了。体操仲間の数人に追加配達。それにしても胸の内にしまっておいたご主人の苦情トラブルの件を奥さまに話した。お陰で気分がいい。奥さまは人間の大きい方で包み込むように受け止めて下さった。有りがたい存在だ。人に物を差し上げる時は、慎重にすべし事を体験から学んだ。それにしても好意を受け取れない人がいることは驚きだ。差し上げて叱られるなんて今までになかったから。でももっとひどい方がいたっけ、差し上げたお礼の品を無言で返しに来たんだもの。「コワー」人の心が見える機械があったらいいのに。お見舞い金を返されたり、あり得ないことがあるんだよ。人間であれと叫びたい。トラブルには巻き込まれたくない。

「心こそ　心迷わす　心なり　心許すな　己が心に」

久しぶりにビーハウス食堂に行く。今日のメニューは茄子の煮びたしとサラダにコロッケ。自家製の大根の漬物が美味しい。友人のMさんは月に六本も映画を見るとのこと。彼女は一人で行動することが好きで、どこにでもマメに出かける。何しろアメリカ暮らしが長かったから。船が好きらしい。若い時は世界中の海に潜ったんだと。ダイビングに向く身体をしておられる。私は先日の「春を背負って」の映画、立山ドラマの感動を話す。帰りには大根カンパのお礼にとのことで大根漬を沢山戴く。

昼食後、カラオケを楽しむ。行くごとに次の割引券をくれるから三〇六円で歌える。「思い出のソレンツァラ」にはまっている私、福田こうへいさんの「南部蝉しぐれ」にも涙、どこかで聞いた演歌のメロディ、「♪思えば遠い故郷よー」と歌い出せば我が故郷が目に浮かび涙がこぼれる。目的の「マンマ」は原語しかなくて残念、歌えなかった。大根の臭いがしているがタバコの臭い消しと思い気にしない、気にしない。せっかく先生から呼吸法を習っているのにまたのどで歌ってしまい、反省、反省。

初ものの清瀬産トウモロコシに目がくらみ買ってしまう。娘の所へ持って行く。孫はトウモロコシが大好きなのだ。不在……。茄子やきゅうりそしてブルーベリーなど熟れていることなどのメモを書きおく。差し入れさえ有り難迷惑なのかもしれない。乾ききった庭の花に水やりをして帰る。小さな親切大きなお世話であろうか。親の心、子知らず、子の心、親知らず。「生きてるの、死んでるの」の世界。音沙汰なし、実家になんぞなかなか来られないようす。仕方があるまい。親は親、子は子の生活がある。親子ってなんなの?近くの他人様のありがたさを身にしみて思う。「居ない時には来ないように」とのメール、有り難うの一言でいいのにそれが言えない。「くそったれー」と叫びたい気分。人生あきらめが肝心、せめてもの慰め、仏様に線香でもあげて手を合わせ心を鎮めよう。長女は独身貴族さま。カナダ、今頃四千メーター、シャスタの霊峰で何に願掛ているのやら。

精子三億個の中から選ばれた、たった一つのかけがえのない命。誕生の日の感動はどこへやら。哀しいかな懐かしい日々は消えてしまったのだろうか。

子どもは三歳までに親に恩を返すと言われている。親とは読んで字のごとく、木の陰にたたずみ子を見守る存在なのであろう。子どもはすでに別の人格をもった大人になっていることを肝にめいじた。

帰りがけお地蔵様に立ち寄る。お花や供え物がいっぱい。足しげくお参りされている方もいるようだ。私も感謝の心で手を合わせた。

お地蔵様へ　（唱え文・三回繰り返す）
オン　カカカ　ビサンマエイ　ソワカ　（地蔵菩薩　真言）
〈訳〉お地蔵様　私の苦を　離れさせ　限りない　功徳を　与えさせたまえ　（円福寺解説）

今日はこの地蔵様に会えただけでも幸せだと思えた。おまけに西の空を見上げたら、薄茜色の絵の様な雲がたなびいていた。その美しさにしばし見とれた。一歩外へ出れば色々な出会いがあるものだ。

夕方Mさんからさくらんぼ（佐藤錦）の差し入れもあった。シャンソンを口ずさみつつ

「初恋の味」をかみしめ戴く。

暑さのためか猫のチビクロの元気がない。餌を見せると逃げて行く。ツナ缶をあげたら汁だけなめた。何しろ二十歳だもの、人間でいえば九十歳。歯も抜け落ち、耳も遠くなったようだ。老い支度もせず風の吹くまま気の向くままの寝たきり暮らし。犬猫の特養ホームもあるそうだが。いつお迎えが来ても仕方ない。抱きかかえると甘えなきしながら、ババの腕をペロペロ舐めはじめ、痩せこけた頭をすりよせてくる。去年の夏は点滴で乗り越えられたけれど今年の夏は越せないかもしれない、と思うと仏心が湧いてきた。苦しまずに自然体のまま、送りたいものだ。

気の不思議

「人間とは何ぞや」。古今東西たずねてもこの質問に、完璧な答えは出せない。精神科医、心理学者、文学者こぞってこの難しい問いに答えるため、たゆみない研究が行われてきた。人間は前頭葉が発達したおかげで、情緒が豊かになり考える葦となった。しかし複雑な心、頭脳はまた様々な問題も抱える事になった。先端をゆくコンピューターでも解読できない微妙な心なるものがあるようだ。「見えないけれどもあるんだよ」の世界である。星の王子様も見えない物の大切さを訴えている。

人間は人の間と書く。その字のごとく人間には間が必要なのだ。相手を尊敬し話すべし。泥靴で人の心に踏み込んでくれるなと言いたい時もある。

めった切りされてはたまらない。辻斬りや追いはぎに会わぬよう気をつけたいものだ。出くわした時は逃げるが勝ちだ。

時には、山田のかかしになって眺めているもよし。よく見てよく聞き話すべし。世の中様々、無関心派もいる。ウンでもなくスンでもないのも如何なものか……。過激派の方もいる。人は人、我は我、自分を失うようなことはしたくない。心も気も見えないから難かしい。見えないけれどその存在は大きい。ヨイショされていい気持ちで胴上げ、有頂天になっていると、いきなり地べたにおっことされかねないから人間は怖い。最近は義理も人情も死語になりつつある。礼儀さえも危うい限りだ。「君子危うきに近寄らず」とはよく言ったものだ。

ジキルとハイドは紙一重、表裏一体の物。陰と陽、東と西、北と南、自然界もバランスが保たれ地球は回っている。人間の体もバランスが崩れた時に病を発症する。プラスとマイナスは逆であるが引きあってもいる。心もバランスが乱れると躁や鬱になる。動物は本能の赴くまま生きているが、人間は仮面がお好きの様だ。月光仮面ならぬ七色仮面の人もいる。付き合っていて心の温かさを感じる人、そんな人に自分は惚れっぽい。反対に冷たいものを感じると、逃げたくなる。ノドクロはいいけれど腹黒は大嫌い。気が許せないひとは、本能的にかぎ分けてしまう。犬猫だって可愛がる人をかぎ分けられる。危険人物には近寄らない。器の大きな人間になりたいと思うが、キリストでもマザー・テレサでもないから無理がある。ストレスでやけ喰い等すれば、自業自得。恨みつらみからの事件も多い。中でも戦争は悲惨だ。

子供は汚れていないから純粋だ。癒される。しかし世の波にもまれだんだんに薄汚れ、大人になる。

地位や名誉に寄りかかっている人も多い。人間鎧かぶとを脱いだ時が勝負。裸の大将は自分の姿に気がつかないから可哀想。損得で行動を取る方もいる。人間の理想像は相手を思いやる「あたたかい心」に尽きるようにも思う。自分の人生に納得がいくような生き方をしたいものだ。

先日友人から「あなた疲れているんじゃないの」と言われ、マッサージを施して戴いた。その気持ちよさに、よだれが出そう。さらに「気」を送ってもらう。初めての体験であった。あたたかい温もりが、伝わってきた。不思議でならない。信じられないような心地よさで心が解き放たれていった。温泉もいいけれど身体のフォローも大事。労《いた》わりつつ行かねばなるまい。

「気」について調べてみた。

「気分、元気、気力、意気、根気、気運、気色、短気、気性、気鋭、気質、気功、景気、気象、天気、気候、電気」などの熟語。さらに沢山の心を表現する言葉。

「気のせい、気があう、気が多い、気がおけない、気がきく、気が気でない、気は心、気障り、気を落とす、気を入れる、気を取られる、気を取り直す、気がぬける、気がみなぎる、気がある、気が休まる、気が弱い、気にさわる、気にする、気取る、気をはらす、気を引く、気をもむ、気をまわす、気を許す、気がすむ、気が付く、気が散る、気が遠くなる、気がはる、気が引ける、気を良くする、気を楽に、気を悪くする」。まだまだあるようだ。

限りなく「気」を意識する事で、日常生活が豊かにもなる。気の抜けたビールはやはり戴けない。気功の真髄は分からないが、機会を見て学びたいものだ。身体にも効くので一挙両得。楽しみがまた増えそうだ。

間もなく節分、暦の上で春が来る。豆をまいて心の鬼を追い出し、温かい春を呼び込もう。福の神様はにこにこしている所に来てくれるらしい。それにしても年の数だけ豆を食べたら、腹をこわしそうだ。

おはようと　にほいスミレに声をかけ　一杯の茶　胃にしみわたり

夕焼けの　富士の御山を仰ぎ見て　月昇り来て　我等歩まん

ソルジェンテオカリナの製作者、内田先生が急逝された。心不全、六十二歳。三日間も駐車場で置き去りにされていたとのこと。寒さの中でなんという痛ましいことか。ファンの一人としてただ御冥福を祈るばかりだ。人目に付くところで倒れていたら発見も早かったことだろうに何とも痛ましい。寿命はいつどこで果てるか分からない。

ＪＲ駅で倒れた友人の連れは、昏睡後に奇跡が起きた。医者からも見放されていた人が、家族の祈りに応えて復活したのだ。脳の不思議、残っている部分が活動を始め失った部分を補い始めるらしい。本人はもちろん周囲の支えが奇跡を起こした。アンビリバボーは現実に沢山起きている。失語症から復活した声楽家も身近にいらっしゃる。並々ならぬ努力のたまものが奇跡となる。春には彼のコンサートが開かれる。本格的なドイツ語での歌曲、今から楽しみだ。

五章　「人と繋がる詩を志して」

詩を書くに至った経緯

平成二十一年三月、夫、順天堂病院にて死去（肺がん、四カ月の闘病）。

彼と歩んだ人生をまとめて供養する『人生・ドラマ　私の２００９年』自費出版、知人に配布。評判がよく書くことを始める。創作物語など楽しむ。次第に短くて自己表現のできる優しい「詩」にのめり込む。「文は人なり」さらけ出す危うさもある。

一人暮らせば寂しさが募り孤独感で落ち込む日々もあったが、書きながら人間の根源哲学を学ぶ。子ども達は親のことを無視していると思うと哀しく思われたが、今は違う。生きてさえいれば安心。もう子育ては卒業、今まで楽しいかかわりが出来たことに感謝している。残された仕事は自分育てである。

現在の自由な自己を最高の幸せと心得、日々を慈しみ生きている。

仕事（保育）で、わらべ歌やリズム遊びの指導をし、詩や物語を子ども達に触れさせてきた（現在もボランティア）。子供は詩人、純粋で自然体。

山頭火・坂村真民・谷川俊太郎・草野心平・工藤直子・茨木のり子・峠三吉・宮沢賢

治・金子みすゞ・佐野洋子さん等の方々に関心を持っている。「みすゞコーラス」に入会し、十年ほど歌っている。音楽は書くこと以上に好きで現在もサークルでオカリナや歌を楽しんでいる。

朝はラジオ体操、人との触れ合いの中で人生を考えることが多い。遠い親せきよりも近くの他人様をまさに実感している。様々な思いを書き記す。高齢者施設でのボランティアは学びの時でもある。詩を通して人とのつながりが出来ることが楽しい。共感の歓び。ボーイフレンドならぬレターフレンドとの繋がりも楽しい。お陰様で生き生きとした人生が送れそう。

心がけていること

いつも心にアンテナを！　気づかないことに気づく喜び。メモをとる習慣を！

言葉は生きており、すぐに逃げていってしまう青い鳥。言葉は天からのプレゼント、夜中でも閃いたらメモをする。いつでも新しい情報を見逃さず考えてみる。前向きの人生、感謝の心を忘れずに、人や環境に優しい自分でいられるように!!　「案ずるより生むがやすし」。行動を起こす。失敗は成功のもと。心も体も健康で過ごせるように心がける。

詩に対する想い

人間とは何なのか、何が大切なものなのか、人はどう生きて行くべきか、永遠のテーマを求めて。「生命力のある詩」が目標。

自然こそすべての教師、自然に学び、自然に帰ることへの憧れ。

生きることは、表現する事。詩や随筆を書くことで自己表現を続けて行きたい。母国語を大切に生きている喜びや愛を紡いで行きたい（日本語の乱れ、英語教育の件）。生きにくい時代であるが、大自然の一部としての人間のあり方を考えながら、如何に自己が自然体で生きられるか追求してみたい。究極の憧れでもある。絵のような詩を目標に、心のひだを表現してみたい。夢は詩が自分の手元を離れ人の手に渡り心のどこかに響くようになることだ。コーラスのハーモニーとどこか似ている。詩をとおして沢山の人と繋がって行きたい。

再生の歓び　――高森保詩集『1月から12月　あなたの誕生を祝う詩』

「一月生まれの人よ」という呼びかけで始まる、高森保さんの誕生祝い詩集、「よ」という一文字のなんと温かい響きであろうか。「へ」であったならつまらない。一文字の不思議、詩人の魂がこめられた「よ」に感動した。

春夏秋冬一章から四章、優しい花々が匂うなかの祝詩、花のエールに力をもらう。読んで行くと情景が目に浮かび心にすとんと入って来る。味のある文がいい。作者の人生感や優しさが滲み出ている。共に再生の歓びの時、詩は人に寄り添い歳を重ね生きることの素晴らしさを伝えてくれる。詩は輝き、作者から飛び立ち大勢の方々の心に響く。宮沢賢治の幸福論のようで、なんと素敵なことだろう。

沢山の季節の花に囲まれて祝福を受ける人のあたたかい幸せや喜び。思えば私は誕生日を祝うなんて無関係で走り続けてきた人生、昔は経済的にも余裕がなく誕生会の習慣がなかったのだ。その代わりに正月が来ると一つ歳を重ね、大きくなる喜びがあった。近年は誕生会も派手になり外食産業も大繁盛のようだ。詩という形での誕生日の祝福は、祝ってもらえる方にも祝ってあげる方にも大変素晴らしいことである。

まずは自分の誕生月（奇遇なことに長女も同じ月日）、十月から拝読する。「祝詩」を暗誦するほど好きになった。〈何事にも恐れずに挑戦を／拾月生まれのあなただけが持つ強運があるから／どんな災いにあっても／命拾いができる拾月生れですから〉。「コスモス」、〈十月の充実の季節にあなたの誕生〉。そして「十月讃歌」、特に最後の五行にこめられた強い力に押された。〈……幸運を運んで来たのです／十月生れの人ほど／人生を充実させ／喜びを感じる特性を持ってはいないでしょう〉。歓びの二重奏、不思議なものでそう言われると、まったくだと思ってしまう自分がいた。コピーをとり飾っている。生きる元気が戴ける詩である。

十一月、菊の花の詩も気に入っている。〈あなたの生誕から今日までのかけがえのない生き方／或いは生かされ方に感じるのです／そしてミレーが描いた「晩鐘」が思い浮かんできます〉。まさに金子みすゞの「みんな違ってみんないい」の世界である。どの月も磨かれた言葉が生きている。

次に子どもの生まれた三月をみた。なるほど「花が咲いてあなたが生まれた」、今は他人のようになってしまった我が子が生まれた時の歓びが甦って来た。五月は今は亡き夫の誕生月、仏前で読んでみた。「五月生まれの人よ」、「五月讃歌」、「五月晴れの空の下で」、「薔薇と野茨」と、読み終わらないうちに涙がとめどなくあふれた。せめてもう一度だけ誕生日を祝ってあげられたら。何年経っても共に暮らした日々の思い出は消えてない。読みながら彼を産んでくれたご両親のことや親しい人々が思い出された。作者はまるで占い師のように色々なことを見とおし書いている。途中でふと闇に葬られた我が子の小さな命が頭をよぎった。誕生の喜びも祝福もなく消されていったあなた、生涯忘れ得ることのできない私だけの秘密。「盆と誕生祝と」の詩、〈理不尽に命を奪われた過去を〉の部分に思わずラインを引いていた。哀しみに心が震えた。若気の至りとはいえ、詫びても時効のない出来事。その罪を償う事も出来ず、自分だけまだ生かされているのだ。何のためにか。

花の好きな高森さん、九月の白い玉すだれの花とはどんな花なのでしょう。一度見たいと思った。すがすがしい花を想像した。そして花はなぜあんなにも美しく咲き人を癒すのか考えてみた。沢山の生き物や植物が輪廻を繰り返し循環する中で、それらのものは大地にミネラルを供給しているのであろう。その栄養を戴いて咲く。天の恵みを受けて咲く。だからあんなに可憐で神秘なのだと思った。思えば戦場で息絶えた幾万の人々、戦火の中逃げまどい息絶えた人々、原爆で焼きつくされた人々も、誕生日の祝福を受けることなく消えていったのだ。格差の広がる時代、子供の貧困や生活保護の拡大等問題は山積みだ。平和であればこそ誕生日を祝していられる。

墓参りや供養も時代と共に影が薄くなりなおざりにされている現代、誕生日の祝いを受けられる人は幸せである。高森さんの詩は誕生の意味を考えるきっかけを与えてくれる。自分が幸せでないと人を幸せにすることは難しいという言葉も響く。一人ひとりが大切にされる社会を願うばかりだ。

自分の母親の誕生月も良かった。八月、「命のリレーの日」、〈連綿と命はあなたに引き継がれ……あなたの存在の重み／あなたが在ってこそ子が在り孫が在る〉、読むことで当たり前のことが再認識できる。感謝の一言だ。孫も八月に生まれている。〈猛暑の中に生まれ出る勇敢さ／どんな困難にもどうじない強靭さ／八月生まれの人よ／「おめでとうございます」〉。八月生まれでなくても勇気がわいてくる。七十三歳で旅立った父、誕生月を忘れてしまった親不孝者。あれから二十五年、幻のような日々をおもう。親孝行というものが出来ず父には詫びるばかりだ。

施設のボランティアでは毎回朗読して活用させて戴いている。高齢者の方々も耳をすませてよく聴いて下さる。お話のきっかけ作りになる。話を聞いてもらえることはとても嬉しいようだ。通りすがりの「おめでとう」よりは、心のこもった詩の持つ力は大きい。「過酷さを克服してきた強さがあって今日がある」、人生経験を積んだ高森さんだからこそ、この様な中身の濃いあたたかい作品が生まれるのであろう。続編も出来たらいいのになーと思う。

私は歌が好きなので、詩と共にその方にふさわしい素敵な歌もプレゼント出来たらいいなーと考えている。良き本との出会いに感謝している。有り難うございました。

もしもこの世に

もしもこの世に花がなかったら
蜂や蝶は生きられません

もしもこの世に蜂や蝶がいなかったら
蜂蜜も戴けず果実は実りません

もしもこの世に果実がなかったら
人生は味気ないことでしょう

もしもこの世に麦や米がなかったなら
人は飢えに泣くでしょう

もしもこの世にあなたがいなければ

寂しいに違いない

広い世界にただ一つのあなた
みんな違うけれどみんな大事な命です
もしもこの世に大地がなければ樹木は育たず
地球も存在しません
もちろん太陽は命の母
降り注ぐ優しい光に全てを包み輝く
この世の中に要らない物はないいんだよ
核という殺人兵器を除いてはね

もったいない

もったいないもったいないは　世界の共通語
もったいないは　ケチではありません
節約は美徳の一つ
飽食の時代の　もったいない
物が溢れて　アップップ

食べ物捨てるのもったいない
洋服捨てるのもったいない
でもため込んだら　ゴミ屋敷
食べ物むやみに買い込まない
洋服さっぱりリサイクル
人生に必要なものはほんの一握り

お金を使うの　もったいなくない
金は天下のまわりもの
限りある人生　自分に投資し生かしましょう
使わなければもったいない

まだまだもったいないは沢山あるよ
頭は使わなければ　もったいない　錆びつきます
命捨てるのもったいない　最後まで使い切りましょう
誰もかも　黙っていてもいつか死ぬ
親孝行　今ならできるぞ　もったいない
夢をすてるの　もったいない
叶うまであきらめないで
もったいないウアーして　体幹鍛えてさあ行こう

必要なもの

少しの知恵
少しの優しさ
少しのお金

質素な食事
質素な衣服
質素な付き合い

柔かい頭
元気な体
冒険する勇気

なりたい自分になりましょう

この星の空の下で　ただ一人の私
私はあなたにはなれず
あなたは私にはなれない
雨の日には雨に打たれ
風の日には風に逆らわず
雪の日には雪の中を
日本晴れの青い空を信じ
持ちつ持たれつ
自分探しの旅の道
自分の声を良く聴いて
大事なことは自分で決める
より自分らしく
夢さがしながら
今を生き　明日にかける

この闇

聖夜の満月
凍てつく道に光照らす
生きる者の上に
愛のシャワーを
降り注ぐ
星ぼしも微笑みかける
あたたかな命の恵み
穏やかなこの闇の中で
汚されちまった哀しみに
奇形の花や鳥たちよ
虫も野菜も狂いだし
人間に訴えている
放射能汚染の恐怖を

月の光に嘆くものたち
聖者の誕生日を祝して
希望を語ることが出来るのだろうか
ふけ行く冬の季節に
飲めや歌えのクリスマス
苦しむ者のために
生きとし生けるもののために
設計図を壊された哀しみの果てに
苦しむもの達のために
祈りをささげよう
神よ　いらっしゃるなら
救いの手を差し伸べて下さい
どうか平和な新年が迎えられますように
見守り下さい

大宇宙の謎

１３７億年前
時間も空間もない　無　があった
46億年前　地球誕生
38億年前　原始生命誕生
魚類　両生類　恐竜　哺乳類　鳥類
途方もない億万年の時を経て
水と緑に包まれた生物の楽園となったこの星
全ての生き物たちは仲間なのだ
大宇宙の法則により今がここにある
ブラックホールの重力波
アインシュタインの世界
壮大な星々の営み
燃え続ける太陽の恵み

全ては宇宙の大自然の謎
この地球という小さな星
一粒の砂の命よ
黙して語らぬ石コロよ
やさしい神のみ胸に抱かれて
生かされているのに
なぜ人間は憎しみ合い闘い
そんなに急いで殺し合うのだろうか
殺されなくても
皆宇宙の星屑になるのです

平和ってなんだろう

咲く花が　見られるという事
金木犀の香りに　酔えるという事
青い空が　みられるという事

牛は　草原で　のんびりと草が食べられる
鳥たちは　爆音におびえることもなく　飛び交いさえずることが出来る
海の魚たちは　爆弾や放射能に汚染されずに生きられる
山では　獣たちが　銃撃のドキドキから解放され野を駆けまわれる

人は　食べ物に不自由せずに暮らせる
なによりも　自分の家で安心して眠れる
赤ちゃんは　ミルクをたっぷり飲んで　うとうとにっこりママの胸の中
子ども達は　鬼ごっこやかくれんぼをして楽しく遊ぶ

サラリーマンは　会社で懸命に働き　農民は畑仕事に精を出す
おじいさんやおばあさんは　老後を豊かに保障され元気で過ごせる
遠い国まで旅行をしたり　歌ったり踊ったり
友達とおしゃべりしたり　好きなことが出来る
電車や車も　爆撃破壊される心配なしに走れる

今　何気ない日常に殺人事件のニュースが溢れている
豊かさの裏には　精神の荒廃　進化の果ての滅亡
原発事故で　ふるさとを追われた人々に帰る場所はない
いざの時は飲め　といわれヨーソ剤を配布される住民

平和とは　何よりも自由があり
自らの意思で　人生を切り開く事が出来るという事
人を殺す恐怖も　人に殺される恐怖もないという事
我が子がいつ死ぬか　心配しないで暮らせるという事

憎み合い　奪い合えば闘いになる
新人類よ　平和ボケしている間に時代は移り行くのだ
戦争の歴史を胸に刻み　明日を信じて歩む時
平和とは　思いやり助け合い　あたたかい愛の世界

世界には　平和を祈りながら　幸せを願いつつ
かなえられない　沢山の人々が　泣いている
遠い国の　まだ見ぬ人と手をつなごう
命は一つ　世界も一つ　和をもって尊しとなす

平和こそ　人類共通の　永遠の願いなのだ

【解説】「ふるさとへの旅」から「平和への旅」へ

――堀田京子エッセイ集『旅は心のかけ橋――群馬・東京・台湾・独逸・米国の温もり』

鈴木比佐雄

1

堀田京子さんは、昨年に詩集『大地の声』を刊行し、しなやかな言葉で人の心の奥深くにかつて存在していた本来的な人間的な温もりを伝えてくれた。その飾らない姿勢は読むものの感受性を無防備にさせ、新鮮な心持ちを自然に促してくれた。その中でも九〇〇行を超える長編詩「昭和の心」は戦後の北関東・群馬県の農村地帯のリアルな暮らしにタイムスリップしたかのように手触り感があり、生き生きとエネルギッシュに書かれている。そして戦後を支えた農村の家族の等身大の姿であり、また高度成長を機にそれらの農村共同体が崩壊していく在りようが描かれている。その意味では堀田さんは農村地帯から昭和を回想し、その中で懸命に生きた人びとの人間的な「昭和の心」を後世に伝えようとしていた。詩を批評する詩人からもこの詩集は高い評価の便りが届いていた。また詩集のタイトルポエムの「大地の声」は大西進氏（作曲家）がすぐに曲をつけてくれて、コンサートでも歌われているという。

堀田さんは溢れるように詩を書くことが出来る豊かな詩的精神を持っている。この新しいエッセイ集は、それらの詩篇を生み出す源泉を語ってくれている。またエッセイの中に詩篇をたくさん入れながら、自らの思いを伝えようとしている。その意味ではエッセイと詩の領域を融合させた詩的表現が堀田さんの目指していることなのだと感じられた。

2

本書は序詩「旅は心のかけ橋」と一章「ふるさとへの旅」、二章「ババちゃんの旅」、三章「花と音楽の旅」、四章「出逢いの不思議」、五章「人と繋がる詩を志して」からなっている。

序詩の「旅は心のかけ橋」の一連目は「人生は　出会いと別れ　ときめき／未知なるものを求めての冒険／無常という名の電車に乗ってさすらう旅人」の三行から始まる。堀田さんは、人生とは出会いと別れを繰り返す「無常という名の電車に乗ってさすらう旅人」といい、どこか仏教的な無常観を抱いてさすらう旅人のようなものだと考えている。そして多くの旅を経験した後に、最終行で「旅路の果てに　茜《あかね》立つ夕焼け雲に包まれて／本当に大切なものは　見えないことに気付く／そして愛するものの為に　新しい明日の為に／旅の終わり

のその日まで　夢を胸に刻んで／希望の花を咲かせよう／旅は過去・現在・未来を繋ぐ心のかけ橋だ」と締めくくっている。旅の目的は「本当に大切なもの」を探すことだったが、それは「見えないことに気付く」ことだったと悟る。人の命は有限であるからこそ、「愛するもの」や「新しい明日」の為に「希望の花を咲かせよう」と願う。命の有限さを通して他者への愛や多くの人びとが生きる明日に対して希望を抱くのだ。そして最終行の「旅は過去・現在・未来を繋ぐ心のかけ橋だ」は堀田さんが本書で伝えたかった人生観を端的に表している一行のメッセージだ。「過去・現在・未来を繋ぐ」という時間の重層性を意識し続けることは、困難なことだが、堀田さんは旅することによってその「大切なもの」の繋がりを発見しようとする。そんな過去・現在・未来の重層的な時間に貫いている何かを感じるために、「旅は心のかけ橋」でありたいと願って様々な旅をし続けているに違いない。

3

一章「ふるさとへの旅」では、「上毛《じょうもう》三山（赤城山《あかぎさん》・榛名山《はるなさん》・妙義山《みょうぎさん》）に囲まれた群馬藤岡」の農家の長女に生まれた堀田さんが、戦後の貧しい暮らしの中でも、「養蚕《ようさん》が盛んで春《はる》蚕《ご》、夏蚕《なつご》、晩秋蚕《ばんしゅうさん》、晩々秋蚕《ばんばんしゅうさん》と何度も飼育をおこなっていた」様子や乳しぼりや野山を駆け回る息遣いを甦《よみがえ》らせている。また農村地帯には多くの物売りがやってきていた。例えば、納豆屋、キャンディ屋、トウガラシ屋、豆腐屋、おでん屋、とっかん屋（爆弾屋）、紙芝居屋など当時の農村に朝昼晩や季節ごとに訪れる行商人の温もりを描いている。そして故郷の父母、祖母との子供の頃の思い出や大人になってからも注がれた愛情の深さを噛み締めている。その父母や祖母の生き方から学んだことは、今も堀田さんの中で息づいていることが詩とエッセイから読み取れる。心配して職場を見に来た父を追い返したことを後悔し続けその父からの「元気で　やってるかい」という優しい言葉、母の財布からお菓子代を盗んだことを知っている母からの「嘘は泥棒の始まりだよ」という厳しい言葉など、堀田さんは今でも娘を生かすために発せられた痛みを伴いながらも愛情ある言葉に再会するために、心の中で「ふるさとへの旅」を続けているのだろう。そのような旅こそ「心のかけ橋」であるに違いない。

二章「ババちゃんの旅」は、散歩の好きなお婆さんである「ババちゃん」が、野山の自然の美しさを語ると同時に、その自然を壊して肥大化していく社会の在りようを自由奔放に辛辣に語り始めるのだ。例えば1「春の原っぱの旅」では詩「なずな」や「仏の座」の野草の個性的な美しさを賛美した後に、冬眠から覚めたヒキガエルの子どもがバスに轢《ひ》かれて内臓破裂で死んでしまうことも涙して記している。また２〈「人間捨てたものじゃない」の旅〉では、桜の季節でも「ババちゃん」は世の人びとが子供虐待、育児放棄、自殺、貧困、非正規雇用の若者、オレオレ詐欺、家族の崩壊、孤独死などの問題を抱えて苦しんでいることに心を痛めている。そんな時に散歩中に「車いすのワンちゃん」を見て心が癒され「人間捨てたものじゃない」と呟くのだ。散歩という小さな旅も「心のかけ橋」になるという。このように「ババちゃん」は街の小さな旅を９「迷いつつ行く旅」まで続けるのだ。９の冒頭の短歌「咲く花を　眺めて我は　旅の人　迷いつつ行く　明日を夢見て」の中で、堀田さんは「迷いつつ行く」ことが旅の醍醐味であり、それは「明日を夢見て」いる存在であることもまた人間にとって重要であることを告げている。

三章「花と音楽の旅」では、米国ワシントンの桜祭りのこと、独逸《ドイツ》のベルリンの芸術祭に参加したこと、台湾でのオカリナ交流会の事、マルタでの文化交流会などの世界を巡る旅のエッセイで、現地の人びとの素顔とその触れ合いが描かれている。四章「出逢いの不思議」では、堀田さんの抱いている人生の苦悩から生み出される芸術観、芸術を通しての交遊、今も続けているオカリナ演奏、ボランティア活動など身近な活動を記している。五章「人と繋がる詩を志して」では、なぜ詩を書くのかという問いに対して、「人間とは何なのか、何が大切なものなのか、人はどう生きて行くべきか」に応えることだという。これは堀田さんが実は難解な哲学的なテーマを抱え込んでいるが、それをいかに優しい言葉で表現しようと試みているかが分かる。そして「生命力のある詩」が目標であると語っている。最後に収録されている詩「平和って何だろう」の最後の二連を引用したい。堀田さんの「平和への旅」は、世界の多くの人びとの国境を越えた「平和への旅」に繋がっている違いない。

平和とは　何よりも自由があり／自らの意思で　人生を切り開く事が出来るという事／人を殺す恐怖も　人に殺される恐怖もないという事／我が子がいつ死ぬか　心配しないで暮らせるという事／／憎み合い　奪い合えば闘いになる／新人類よ　平和ボケしている間に時代は移り行くのだ／戦争の歴史を胸に刻み　明日を信じて歩む時／平和とは　思いやり助け合い　あたたかい愛の世界／／世界には　平和を祈りながら　幸せを願いつつ／かなえられない　沢山の人々が　泣いている／遠い国の　まだ見ぬ人と手をつなごう／命は一つ　世界も一つ　和をもって尊しとなす／／平和こそ　人類共通の　永遠の願いなのだ

あとがき　――出会いに導かれて

いろはにコンペイトウ　コンペイトウは甘い　甘いは砂糖　砂糖は白い　白いはうさぎ……子ども達の大好きな言葉遊び歌である。「いろは」とは始めという意味。いろはがるたも懐かしいものの一つである。

いろはにほへと　ちりぬるを　わかよたれそ　つねならむ
うゐのおくやま　けふこえて　あさきゆめみし　ゑひもせす
色はにほへど　散りぬるを　我が世たれぞ　常ならむ
有為の奥山　今日越えて　浅き夢見じ　酔ひもせず

万葉の昔より歌い継がれているこの歌、この世の真理を物語っている。人生は常に変化しつづけ、とどまることはないのだ。大自然もまたしかり。それを人は無常という。

祇園精舎の鐘の声、諸行無常の響きあり。沙羅双樹の花の色、盛者必衰の理をあらはす。おごれる人も久しからず。ただ春の夜の夢のごとし。たけき者も遂にはほろびぬ、ひとへに風の前の塵に同じ。

かの有名な平家物語の冒頭、こちらも人生を無常（移り行くもの）として、語っている。松尾芭蕉の「行きかう年もまた旅人なり」のように、人生を旅に例える人も多い。笹船の旅、豪華客船での旅、鈍行列車でゆっくり旅を楽しむのもいいし、超特急で走り抜ける旅もある。旅はまた冒険でもある。危険と隣り合わせのことも多い。人それぞれ旅路を振り返ってみれば、あっという間、感無量。始まりがあるように必ず終わりがやってくる。見えない運命のもとに日々生かされている。終着駅が見えてくると誰しも戸惑い「これでよかったのかな」と自分の人生を問いたくなるものだ。バカボンボンではないが、私は「これでいいのだ」と思っている。今の自分に出来ることを精一杯やってきたのだから悔いはない。手の届く範囲で「足るを知る」この頃だ。

第二の人生「詩」のお陰様で思わぬ旅をさせていただく事が出来、嬉しい悲鳴をあげている。上昇気流にのり、運が一度に回ってきたような……。「猫に小判」の感じです。それにしても、つたない詩が、手元を離れ、皆様に見ていただけるという事は、嬉しい限りです。

これからも書くことで、社会参加し、自分を再構築し輝いていきたい。そして大勢の方と繋がっていきたいと思う。インターナショナルの旅に出られるなんて、大変贅沢なことである。震災から五年半、輪をかけるように熊本の地震災害。余震におののく住民、大きな打撃である。原発問題はこれからさらに大きな課題。安保法制問題とあわせて、目がはなせない。若者たちの草の根運動は広がりを見せ、ネットで拡散しつつある。負の遺産を次世代に残さぬよう大人の責任を思う。ガンジーの言葉を借りれば「平和への道はない。平和こそが道なのだ」。

ウルグアイのムヒカ大統領のような救世主がいたらいいのにね。心に響く彼の名言、「貧乏な人とは、少ししかものを持っていない人のことではなく、無限の欲があり、いくらあっても満足しない人のことだ」。

コールサック社の鈴木比佐雄様には解説文を書いて頂き、大変感謝しております。また、座馬寛彦様には煩雑な原稿の編集をお願いし、大変お世話になりました。スタッフ御一同様に厚く御礼申し上げます。

二〇一六年　春

堀田　京子

堀田京子（ほった　きょうこ）略歴

1944年　群馬県にて出生
1963年　上京。私立保育園10年・豊島区立保育園30年勤務。
　　　　主にわらべ歌の指導。
現在　　合唱やオカリナサークルで活動の傍ら、地域のボランティア活動に参加。

著作　2010年　『人生・ドラマ　私の2009年』（自費出版）
　　　2011年　『随ずいずっころばし』（自費出版）
　　　2013年　『なんじゃら物語』（文芸社）
　　　2014年　『随ずいずっころばし』、『花いちもんめ』（文芸社）
　　　2015年　『くさぶえ詩集』（文芸社）
　　　　　　　『大地の声』（コールサック社）
　　　2016年　エッセイ集『旅は心のかけ橋――群馬・東京・台湾・独逸・米国の温もり』（コールサック社）

現住所　〒204-0011 東京都清瀬市下清戸1-224-6

石炭袋

堀田京子エッセイ集
『旅は心のかけ橋――群馬・東京・台湾・独逸・米国の温もり』

2016年6月23日　初版発行

著　者　堀田京子
編　集　座馬寛彦　鈴木比佐雄
発行者　鈴木比佐雄
発行所　株式会社 コールサック社
〒173-0004　東京都板橋区板橋2-63-4-209
電話 03-5944-3258　FAX 03-5944-3238
suzuki@coal-sack.com　http://www.coal-sack.com
郵便振替　00180-4-741802
印刷管理　（株）コールサック社　製作部

＊装丁　奥川はるみ

ISBN978-4-86435-254-3　C1095　￥1500E